雪国

Kawabata Yasunari　かわばた やすなり

【日】川端康成

侍桁 译

上海文艺出版社

本书根据筑摩书房 1955 年版
《川端康成集》译出

目　次

重读《雪国》：爱的银河　　张定浩　　001
雪国　　009
伊豆的歌女　　163
译者后记　　198

重读《雪国》：爱的银河

张定浩

单就小说技术层面而言，《雪国》似乎已经不太能提供什么新鲜的养分给今天的小说读者和书写者。川端康成当年令人惊艳的诸种技艺，比如将眼前的具象和过去的回忆反复剪辑组合的意识流手法，自然风物、传统民俗和主观感觉的交相铺陈，以及男女主人公在孤立空间中暗藏玄机的对话与幽微入骨的心理描写，在经过了大半个世纪或显或隐的效仿与追摹之后，如今正泛滥在每一个小说初学者的文本中，并构成当下短篇小说日用而不知的庸常。

但《雪国》的故事本身依旧有某种直见性命的力量，尤其对于已度过作者写作《雪国》年纪的我而言，重读《雪国》，就是重新穿过某个长长的隧道，然后看到夜空下白茫茫雪地中曾伫立过的不灭的美。

"我是睁着眼睛走进这一场恋爱的，我知道它终有一天会结束。""你不用这么害怕。爱不会终结,不会因为我们彼此不见面。"格雷厄姆·格林在《恋情的终结》中安排他笔下的男女主人公如是说。而在《雪国》中,岛村和驹子似乎也正是这样各自睁着眼睛踏进他们的命运。

驹子和岛村第一次见面是在初夏,她给岛村的第一印象,是"出奇的洁净",但岛村的第一反应却是怀疑自己的眼睛,之所以看到这样的洁净,"是不是由于刚看过初夏群山的缘故"[1]。在这一句无与伦比的优美复杂的转喻中,我们看到爱正如何在某种不安中诞生。当然,对岛村这样的中年人而言,爱是很容易被感知的,所以有时候困难的不是如何表达或接受,而只是如何隐藏与回避,尤其,是看起来完全不会有结果的爱。岛村和驹子闲谈起来,忽然,又没头没脑地让驹子帮他去找个艺妓,这一方面似乎是在挑逗对方的心意;另一方面,又是某种不动声色的提前放弃,因为自惭形秽。

然而,在爱萌生羽翼的那一刻,理性的计算总会让位于感官的诚实。随之而来的年轻艺妓在岛村这里所激起的扫兴感,让他立刻再次意识到,他被驹子所隐隐唤起的欲念,并非突如其来单纯的性欲,而是从未有过的爱欲。正

---

[1] 导读引文为作者选定,供读者参考。

是这样的爱欲，而非婚姻，才能迫使一个人主动地保持忠贞。岛村慌忙把那位艺妓打发走，自己跑向旅馆后面的山，跑到筋疲力尽，再跑下山，正遇见立在杉树下含笑等待他的驹子。

"这时他才发现，在山上待了七天，养精蓄锐，之所以想把过剩的精力一下子消耗掉，实在是因为他先就遇见了这个洁净的姑娘。"

对此，驹子自然也有所感知。"两人之间感情的交流，和没有叫艺妓之前，已全然不同。"

但他们也只是安静地坐在河水边交谈，并在简短的交谈后陷入沉默，爱的天使在他们上空盘旋，等待他们有勇气踏出各自固有的生活。而这样的勇敢决断，最初往往来自女性。

那天夜里，驹子在醉酒后冲进岛村的房间，那一大段断断续续地融合着酒意和爱意、热情和挣扎的表白言辞精彩极了，以至于我会猜测，这样精彩的言辞绝非虚构所能完成，它一定在小说家的生活中真实的发生过，进而，它会一再地重现，在一代代爱的人们之间。但小说家的悲哀一如岛村的悲哀，他永远无法做到像驹子这般奋不顾身地投入，他的灵与肉每每是分离的，只不过，小说家令人赞叹的力量在于，他竟然能将这种男性的游离和女性的忘我同时不动声色地记录下来。

第二天一早,岛村就回东京了,仿佛遭遇到生命中某种不堪承受之物,落荒而逃。"一次不算数,一次就是从来没有。"这是昆德拉在《不能承受的生命之轻》中引用过的谚语。

所有的爱情故事,假如成其为故事,都是从第二次见面开始的。

"滑雪季节之前,温泉旅馆里客人最少,岛村从室内温泉上来时,整个旅馆已睡得静悄悄的。在陈旧的走廊上,每走一步,便震得玻璃门轻轻作响。在长长的走廊那头,账房的拐角处,一个女人长身玉立,和服的下摆拖在冰冷黑亮的地板上。"

时隔半年多,新绿滴翠的初夏已换成冰天雪地的岁末,岛村再次从东京坐火车来到辽远的此地,他的确是专程前来看她的,但在没有重新见到她之前,他其实并不知道自己到底要来找寻的是什么。她是他在生活中缺失的那个部分。一个人无法清晰地讲出自己所没有的东西,他只能去体验。

与岛村相反,驹子从一开始就清楚地知道自己是在爱中。她在日记里记下最初的相见和思念,却也仅此而已,对驹子而言,岛村是与生活平行的那个部分。那些浪漫主义小说家认为爱是扰动生活这滩死水并使之向前的戏剧化力量，但《雪国》作者对此显然有更为严厉的认知，在《雪国》中，爱不曾改变任何既有的生活，充其量，它只是让生活变得更加容易忍受一些。

"'记了又有什么用呢？'

'是没有什么用。'

'徒劳而已。'

'可不是。'她毫不介意，爽脆地答道。同时却目不转睛地盯着岛村。"

在有关《雪国》的自述里，川端康成谈到驹子才是这部小说的中心，也承认确有其实际存在的原型。而正是这真实存在过的少女，以及在这少女生命中被小说家所目睹的、被爱所焕发的、稍纵即逝的纯真与热情，才构成这部小说不可磨灭的美。这种美超越任何小说的技法，并且会长久地存活下去。不管时代如何变化，每个遭遇过爱的人，仍旧可以从《雪国》中找到那个正在爱着的或被爱着的自己，而有所不同的，仅仅只是那些彼此之间唱过或听过的歌、那些在遇见对方之前所携带的往事、以及两个人此时此刻所置身的空间与季节。

驹子带岛村去看她住的地方，跟他讲自己的身世和往来应酬的客人，为他弹苦心练习的曲子，用心记住他的每一句话和随口说出的约定。她一直想念着他，可在见面时，当她对着他描述这份想念，又是害羞的，轻描淡写的：

"如果连着下几天，电线杆上的路灯都能给埋进雪里。走路时，要是想着你什么的，脖子会碰到电线给剐破。"

而当岛村对此的反应仅仅是逃避式的"雪真能积那么厚吗"，她也毫不介意，只是继续描述那吸引男孩子们纵身跳入且游泳般划行其中的大雪。她唯一呈现出激烈的时刻，是当她在车站送别岛村之时，服侍她艺师病重之子行男的叶子姑娘突然前来唤她回去，说弥留之际的行男想见到她。她拒绝回去，尽管这是她青梅竹马一起长大的男孩，是她儿时被卖到东京时唯一送她的人，是厚厚的日记本里最早记下的人，是传说中的未婚夫，而她几个月前（就在第一次见到岛村后不久），之所以委身艺妓行业，也正是为了给这个病重的男孩支付高额的医药费。但她说，"不，我不愿意看着一个人死掉"。

"这话听来，既像冷酷无情，又像充满炽烈的爱。岛村简直迷惑不解了。"

驹子比岛村想象的要复杂。而《雪国》中确有诸多不曾讲清楚的故事，譬如在驹子、行男和叶子之间的故事，又如驹子和老家滨松那个男人的故事，以及驹子卖身为艺妓前后的故事。岛村企图通过这些在言谈间泄露出来的故事片断来拼凑出驹子这个人,这是每个普通人认识他人的方式,同时,却也是无效的方式。因为,要真正认识一个人,唯一的方式是认识这个人的爱,而非围绕他或者她的那些坊间故事。

岛村第三次来见驹子,是一年后的秋天。他这次逗留很久,直到初雪的日子。驹子几乎每天都来和他相会,即便是在应酬客人大醉之后也会习惯性地赶来,就好像第一次大醉后来见他的那个夜晚一样。她对他的感情毫无改变,哪怕他只是一年来一次,但他的感觉却似乎一天比一天淡薄,以至于他开始决意要尽快离开此地,并断绝这段关系。

小说写到这里,仿佛正滑向某种始乱终弃的俗套,末尾几节岛村对于叶子的越发注意和对于驹子的躲避,也似乎在印证这一点。"驹子的一切,岛村都能理解,而岛村的一切,驹子似乎毫无所知。驹子撞上一堵虚无的墙壁,那回声,岛村听来,如同雪花纷纷落在自己的心坎上。"但岛村真的理解驹子的一切了吗?一个丧失爱的能力的人是否真的能够理解一个爱者?或许,他之所以自以为了解她,只是因为她在爱着他罢了;而她要爱的只是眼前这个人,并不是围绕着他的一切。"你走了,我要正正经经地过日子了。"在预感到岛村即将永别之际,驹子所表现出的镇定洒脱又再度让岛村感到意外。

如果爱注定不能相等，借助奥登的诗句，那么驹子就始终是"爱的更多的那个人"。然而，与我们过往的文学经验相反，"爱的更多的那个人"并没有成为这篇小说的叙述者或作者，《雪国》并非由一个心碎的爱者所写下的追忆，而是来自一个无能力爱的被爱者的冷眼旁观，某些时刻，他以为这样的爱不过是宛如飞蛾扑火般的徒劳和虚无，但最终，他知晓这爱竟是有幸倾泻在自己身上的壮丽银河。他得以知晓，银河并不是专为某个人而出现的，同样也不会因为某个人就消失，它一直在那里，如同引领我们上升的永恒女性。《雪国》带给我们的不同于其他爱情小说的奇异感受，或许正由此而来。

雪 国

穿出长长的国境隧道就是雪国了。天边的夜色明亮起来。火车停在信号房前面。

一个姑娘从对面的座位上起身走过来,打开了岛村面前的玻璃窗。雪的冷气向车里注入。这姑娘探出整个身子到窗外,向远方呼喊着:"站长!站长!"

一个男人提着灯踏雪慢慢走来,他的围巾一直包到鼻子上,皮帽子罩住耳朵。

岛村向外眺望,心里想:已经这么冷了吗?只有一些像是铁路员工宿舍的木板房子冷落地散布在山脚下,雪光还没有伸延到那边,它们被包围在阴暗中。

"站长,是我,您好啊!"

"啊,是叶子吗,你回来啦。天又冷了。"

"听说我弟弟这次派到这儿来工作,要您多照顾啦。"

"这种地方，要冷清得难受哪，他年纪轻轻的，倒也可怜。"

"他还是个孩子，要站长好好地教导他，郑重地拜托您啦。"

"好的。他做得挺有劲，以后就要忙起来了。去年好大的雪，常常雪崩，火车都不通了，村子里给灾民烧饭，很够忙的。"

"站长，您身上像是穿得好厚实。弟弟来信说，他连背心还没穿上身咧。"

"我穿上四件啦。年轻的人们，天一冷光是喝酒，囫囵个儿躺下去，就感冒了。"站长朝公家宿舍方向挥动着提灯。

"我弟弟也喝酒吗？"

"不。"

"站长，您回家吗？"

"我受了伤，正在看医生。"

"啊，那可不好。"

站长虽然在日本服上加了大衣，却想急忙中断寒冷中站着聊天，说了声："再见吧，你好好保重啊。"就转过身去。

"站长，我弟弟现在没出工？"叶子在雪地上用眼搜寻着,"站长,您好好地看管我弟弟,拜托啦。"

她那美丽的声音甚至带上悲哀的气氛。话声很响亮,好像会从雪夜中传来回声。

即使火车开动了,她也没把上半身缩回到窗口里来,站长沿着轨道旁走着,她一追上他就喊:"站长,请您告诉我弟弟,下一次休假的日子让他回家来。"

"好的。"站长放大声音喊着。

叶子关了窗子,用双手捂着冻红了的脸蛋儿。

国境的山边已经配备好三辆除雪车等待着除雪。从隧道的南北两方沟通了报告雪崩的电线。除雪工人增加到五千名,消防队青年团达到了两千名,都做好出动的准备。

岛村一了解到叶子姑娘的弟弟今年冬天将在这就要被大雪掩埋的铁路信号房里服务,就越发加深了对她的兴趣。

不过岛村在这里以"姑娘"相称,只是从表面上来看的,跟她结伴的那个男人究竟是她什么人,岛村当然不明了。讲到两个人的动作表情,倒像是夫妇的味道,不过那男人显然是个病人。由于对待病人,也就放宽了男女的分别,越是诚诚恳恳地照料病人,越显得带有夫妇的味道。实际上从旁看来,这个女人照料一个比自己更年长的男人那种小母亲的样子,也可以想他们是夫妇。

岛村把她一个人分开来,只凭对于她的姿态的感觉,就随便地断定她大概是个姑娘。可是由于他曾用一种奇怪的眼光，过分地注视了这个姑娘，也许就把他自己的伤感心情混合在里面了。

还是在三小时以前，岛村出于无聊，眼望着左手食指的转动，结果只有这个手指还在生动地记忆着他要去会面的女人，然而越是心急地想回忆出来，越是抓不住那已经模糊了的记忆，这时他奇怪地感觉到只有这个手指至今还沾染着那个女人的触觉，正在把他拖向远方的女人那边。他把鼻子凑近手指闻了闻，偶然用手指在玻璃窗上划了一条线，只见内中有个女人的一只眼睛清楚地浮现着。他吓了一跳，似乎要叫起来。然而这是因为他心里想着远方的缘故，留神一看，没有什么可奇怪的，映现出来的是对面座位上的女人。外面薄暮正在下降，火车里点上了灯，因此玻璃窗变成了镜面。可是暖气炉的暖气使玻璃整个的浸润了水蒸气，手指不去擦它，就现不出镜面。

正是因为只现出姑娘的一只眼睛，反而显得异常美丽，岛村把脸凑近窗口，忽然做出一副观望晚景的带有旅愁的面孔，他用手掌擦了擦玻璃。

那个姑娘稍稍斜着身子，一心一意地俯视着她面前躺着的男人。从她那两肩用力的情形来看，可以看出她是那么的认真，她那略带严峻神情的眼睛一眨也不眨。那男人头朝着窗口的方向,蜷着腿搭在姑娘的身旁。这是三等客车,因为他们的座位不是和岛村在一排上而是在前一排的斜对面,所以那倒卧着的男人面孔,在镜中只映现到耳边。

姑娘因为正好坐在岛村的斜对面,是直接可以看到的,可是在他们上火车时,那姑娘清冷刺人的美质,使岛村吃了一惊,他就把眼睛垂下来,那时他看到男人青黄色的手紧紧地握着姑娘的手,他就觉得不好再朝那个方向观望了。

映现在镜中的男人,面对着姑娘的胸部,露出无忧无虑的沉静的脸色。他的体力虽然是衰弱的,却浮现出甜蜜的谐和。他铺上围巾当枕头,拿它紧紧地盖着嘴,挂在鼻子底下,然后又朝上包住他的脸蛋儿,可是时而松下来,时而又盖住了鼻子,他的眼睛要转动还没有转动的时候,姑娘就以温柔的手势给他整理好。有好几次两个人天真地反复着同样的动作,岛村在一旁观望,甚至觉得刺激了神经。还有,那男人用外套包着腿,下摆常常垂下来,姑娘会马上发觉而给他整理好。这样的动作完全是很自然的,以致使人觉得两个人会忘掉了行程的距离,无尽无休地以同样情态去向远方。因此,岛村并不感到眼看悲哀事情时的苦味,而像是在望着离奇的梦境,因为他看过了奇怪的镜中情景。

在镜子的底面,傍晚的景色变动着,也就是镜面和它映现的景物像双重电影画面似的流动着。上场的人物和背景是什么关系也没有的，而且人物在变幻无常的透明中，风景在朦胧流动的薄暮中，两者融合在一起，描绘出并非这个世界的象征世界。尤其是当那姑娘的面容当中燃起山野的灯火时，岛村的胸间甚至颤动着难以形容的美景。

远方山上的空中，还微微地残留着夕阳反照的色彩，越过玻璃窗望见的风景，一直向遥远的方向伸延，形迹未消。然而彩色已经全失，随你看到哪里，平凡的山野形影愈加显得平凡了，任何景物也并不特别引人注目，所以反而使人产生了一种模模糊糊开阔的感觉。不用说，这是因为内中浮现着姑娘面容的缘故。她那一部分映现出的身段，在窗外是看不见的，而由于在姑娘轮廓的四周不断地动荡着傍晚景色，使人感到姑娘的面容是透明的。但是否是真的透明呢，那是错认为在她面孔里不停流动着的晚景透到面孔上来了，仔细一看，就难以捉摸了。

火车里光线又不是那么亮，没有普通镜面那样的强烈光彩，它不能反射。在岛村注目观望的时候，他渐渐地忘记了有这么一面镜子，以为那姑娘像是浮现在晚景流动的当中了。

每逢这样的时候，她的脸上是有灯火点燃着，镜子里的映像没有足以消除窗外的灯火那么强，而灯火也不足以消灭映像。所以灯光是穿过她的面孔流动着，可并不使她的面孔光辉灿烂。那是冷冷的远方的亮光，朦胧地照亮着她小小瞳孔的四周，也就是在姑娘的眼睛和灯火重叠的那一瞬间，她的眼睛浮现在薄暮的波动中，成了妖艳美丽的夜光虫。

叶子不会注意到她是这样被人偷看的。她的心神只一心一意地灌注在病人身上，即使有时把脸转向岛村这方面，大概她也看不见透过玻璃窗映现出她自己的姿容，所以也就不会把眼神停留在这个望着窗外的男人身上。

岛村长时间这样偷看着叶子，竟然忘记了这事对她是失礼的，恐怕是因为映现着晚景的镜面具有一种非现实的力量把他吸引了去。

所以当她向站长打招呼使人看出即便在这里她都表露了过分严肃认真的情态时，首先使他产生的恐怕也是这种富有小说意味的兴趣。

通过那个信号房的时候，窗口已经一片黑暗。面前风景的流动一消失，镜中的魅力就不见了。叶子的美丽容貌虽然还在映现，举动还是那么亲密，岛村却在她身上新发现到一种清澈的冷峻，他就不想再拂去镜面上模糊不清的地方。

可是没有想到仅仅过了半小时，叶子俩和岛村在同一个车站下了车,他觉得这事还会有下文,似乎与自己将有些瓜葛,就回头看了一下,可是一接触到站台上的寒冷,立刻感到在火车上的那种无礼举动是可耻的,就头也不回,从机车的前方走过去。

那个男人搭着叶子的肩膀想下落到轨道的时候,这边的站务人员扬起手来阻止他。

不久在黑暗中现出一列长长的货车遮掩了两个人的身影。

旅馆里招揽顾客的掌柜简直像是救火的消防员,穿着一身煞有介事的雪天服装,包着耳朵,踏着橡胶的长筒靴子。一个女人站在候车室的窗口向列车轨道方向眺望,她也披着蓝色的斗篷,罩着头巾。

岛村身上还未消掉火车上的暖热,没有感到外界真正的严寒,可是他是初次身临雪国的冬天,所以首先得受当地人装束的考验了。

"冷到非穿这么一身服装不行吗?"

"唉,已经完全是冬天的装束了。在雪后变天气之前的夜里特别冷,今天夜里恐怕就要降到冰点以下了。"

"这就是冰点以下了吗?"岛村一面望着房檐边上可爱的冰柱,跟旅馆的掌柜一起上了汽车。雪色使每家低矮的屋顶显得愈加矮了，村庄寂静得像是沉没到地下去了。

"果然，不管摸到什么，这股冷劲儿都显得两样。"

"去年最冷的天到过零下二十几度。"

"雪呢？"

"啊，通常是七八尺，最多的时候要超过一丈还多两三尺。"

"这才开始吧。"

"这是刚开头。前些天雪只落了一尺厚，大都已经化掉了。"

"雪也会化吗？"

"不知道什么时候要落大雪啦。"

这是十二月的初旬。

岛村觉得感冒一直纠缠不休，鼻子堵塞，这时却一下子通了气，穿到头顶心，像是把肮脏的东西洗刷掉似的，鼻涕滴滴答答向下落。

"三弦师傅家的姑娘还在吗？"

"啊，在的，在的。刚才还在站上，您没看见吗？她披着深蓝色的斗篷。"

"那个就是她？过一会儿能叫她来吗？"

"今天晚上吗？"

"今天晚上。"

"她说，三弦师傅的儿子乘刚才的末班列车回来，她是来迎接的。"

在傍晚景色的镜中叶子看护的那个病人，就是岛村来探望的女人家的儿子。

他一知道这件事，就感到自己的心胸里像是有什么东西穿梭过去，可是对于这次的邂逅，他并不觉得怎么奇怪，倒是对于自己的不以为奇感到奇怪的。

在他用手指来追忆的那个女人和眼睛里点着灯火的女人之间，有着什么关系呢？会发生什么事情呢？岛村的心里似乎有所感触。这是由于他从傍晚景色的镜中还没有清醒过来的缘故吗！他不觉地喃喃说出：这样说来，那傍晚景色的流转不正是时间变迁的象征吗？

温泉旅馆在滑雪季节前，客人是最少的，岛村从浴室里出来的时候，已经完全夜深人静了。他每走一步，那陈旧的走廊上玻璃门就发出微微的震响。在长长的走廊尽头，账房间的拐角上，有冷飕飕的衣裳下摆铺展在发着黑光的木板上，一个女人高高地站在那里。

她终于当了艺妓吗？见到她的衣裳下摆不觉一惊，可是她既不向这边走来，她的身子也没有弯一弯做出迎接的媚态，从她肃然不动站立的姿势来看，即使远远观望也看得出她那严肃认真的样子，他赶忙走过去，可是站到女人身边，他还是沉默不语。那女人涂着浓厚白粉的面孔，一想要微露笑容，却反而现出要哭泣的面色，因此两个人什么话也不讲就朝房间的方向走去。

说来，已经有了那样的关系，连一封信也不写，又不来探望，就连约定好寄来的舞蹈书刊也没办到，女的方面只会认为自己遭人一笑而被遗忘了，而照理说岛村应该首先讲个理由道歉一番才是，可是当他不望着她的脸一起向前走的时候，他不但不感到她在责备他，反而体会到她浑身都充满了依恋的情谊，他就越发想到再要讲什么话，听起来也只会使人觉得自己不诚恳，他有些被她的气势压倒，被包围在一种甜蜜的喜悦之中，及至来到楼梯口下面，他拳着左手伸出食指，猛然伸向她的眼前说："这家伙最怀念你啦。"

"是吗？"她说着就握住那个指头，再也没放开，像手牵手似的走上了楼梯。

到了被炉前，她撒开了手，脸红得直到脖子梗，她为了遮掩，慌忙又拿起他的手，说："这个在怀念我吗？"

"不是右手，是这个呀！"他说着从女人的手掌里抽出右手来，等到围进了被炉，他重新又伸出了拳着的左手。她板着面孔说："是呀，我明白。"

她满面含笑，展开岛村的手掌，把她的脸贴在手上。

"这个怀念着我吗?"

"喔,好冷。还是第一次触到这么冷的头发。"

"东京还没有落过雪吗?"

"那个时候,你那么讲,可仍然是一片虚话呀!不然的话,谁肯在年底到这么冷的地方来。"

那个时候:雪崩的危险期已过,已到满山一片新绿的登山季节。

木通草的新芽没多久将在餐桌上不见了。

无所事事吃白饭的岛村,往往易于丧失对于自然和对于自身的真诚情感,他认为山上是可以唤起这种情绪的,所以常常一个人到山上去漫步,那天晚上他隔了七天从国境的群山上又返回温泉场,他叫女佣人找一个艺妓来。可是那一天正是修建公路落成典礼的日子,村子里的蚕茧仓库兼演剧的小房子用作宴会场,热闹异常,十二、三个艺妓是不够分配的,料想怎么也找不到人手了,要是三弦师傅家里的姑娘,即使她到宴会上帮帮忙,也只会表演两三个舞蹈就会回来,因此说不定她或许会来的。岛村一追问,据说三弦和舞蹈师傅家的姑娘不能算是艺妓,举行盛大宴会的时候,有时她也被找了去,由于没有雏妓,多数是不愿意站着表演的半老的艺妓,所以姑娘被视为宝贝,她很少一个人到旅馆的房间去陪客人，不过也不能说她完全是个外行人，以上是旅馆里女佣人大致的说明。

岛村认为这话是靠不住的，并不以为然，可是约一小时之后，女佣人把她带了来，他不觉一惊，肃然坐起身来。女佣人想立刻走出去，那女子牵住她的袖子，又让她坐下。

那女子给人的印象是难以想象的那么洁净，就连脚趾里的坑窝都使人觉得美丽。岛村甚至疑心这是由于他的眼睛看过了初夏群山的缘故吧。

她的打扮有点儿像是艺妓的样式，当然没有拖曳着长长的底襟，她身穿柔软的单衣，样子倒很整齐，只有腰带的料子像是很贵重，可跟她并不配合，反而显得一副可怜相。

他们开始谈到山之类的事情，女佣人便抓个机会站起身走了，可是那女子连从这村庄眺望着的群山的名称都不大清楚，岛村也没有心思饮酒，女子却出乎意料坦率地谈起她的身世，她说她诞生在这个雪国，曾经到东京当陪酒的侍女，被人赎了身，打算将来要她做一个日本舞蹈的师傅生活下去，可是才到一年半她的男人死了。不过从那人死后直到今天的经历，恐怕才是真正有关她身世的情节，她却不打算赶忙说出来。她说她十九岁，如果不假的话，这个十九岁看上去像是二十一、二了，从这一点上岛村才开始感到宽松,一和她谈起歌舞伎[1]等类的事,她对于演员的消息和艺术风格比他还更精通。也许是由于她渴望着有个对手来谈这类的话,就热衷地谈起来,谈话中间她露出妓女行道出身的女人相,她对于男人的脾性大体上也都明了。尽管如此,由于他从开头就断定对方是一个外行人,也由于他已有一个星期没跟人谈过什么话了,心里便充满对人的思慕温情,对她首先像是感到了友谊。他在山地的感伤心境还延续到这个女人身上。

那女子第二天下午把洗澡的用品摆在走廊外面,到他的房间来玩耍了。

她还没有坐下身来,他就突然要她帮忙找一个艺妓来。

"你说要人帮忙?"

"这不是很明白的么。"

"真讨厌。我做梦也没想到会托我做这样的事。"她说着就露出很不高兴的样子站到窗口去,眺望国境的群山,这时候她的脸蛋儿红了,又说:"这儿没有那样的人。"

"你说谎。"

"是真的。"她一转身就在窗口坐下。她说:"绝对不能强迫人家去做,所有的艺人都是自由的,就连旅馆里的人

---

[1] 日本特有的一种演剧。

一概都不帮忙做这种事。这是真话。你找个什么人来直接谈谈看就好啦。"

"想托你替我谈谈看。"

"我为什么一定要做这种事呢?"

"我认为你是朋友嘛。因为我希望一直拿你当朋友,所以不跟你啰嗦。"

"这就叫做朋友吗?"她终于被哄着露出孩子似的口吻说。然后又吐出了这样的话:"你可真了不起!亏你想得出让我给你做这样的事。"

"这算得什么了不起的事呢?到了山地身子结实起来啦,可是头脑老是不清爽。连跟你谈话也不能痛痛快快的。"

她垂下眼睑沉默了。岛村讲出这话已经是把男人的厚颜无耻完全暴露出来了,这大概是由于他了解这女人素有体贴别人心情的习惯。她俯视着的眼睛,也许是因为浓厚的睫毛的关系,热乎乎的显得妖艳,岛村在旁观望着,她的脸微微地左右摇摆,又现出淡淡的红潮。

"你喜欢谁就叫谁好啦。"

"我这不是向你打听吗?初次来到这地方,不知道哪一个长得漂亮啊!"

"你说要漂亮的?"

"年轻的比较好。年纪轻的，稍微打扮起来，很少有太差的。不闹嘈嘈太多话的比较好。呆一点的不怕，不肮脏的就行。要想谈什么的时候，我找你谈。"

"以后我不来啦。"

"别胡说。"

"真的，不来啦。我来干什么？"

"我想跟你清清白白地交朋友，因此我不难为你！"

"真不像话。"

"果真有了那样的关系，也许明天再不愿意看到你的面孔了，再不会打起兴趣跟你聊天。我从山上来到村庄，好不容易才算是要和人亲近，可我不愿说服你。想想看，我不是个旅游的人吗？"

"唉，这倒是真话。"

"就是嘛。从你来说如果我跟了一个你讨厌的女人，那么你以后再见面也会感到不舒服，还不如你自己为我找的女人倒好些。"

"不睬你！"她一使性子把脸转过去，可又说，"这话也是的，可是……"

"一有什么关系就算完了。没有什么乐趣的，大概不会维持得长久。"

"是呀。所有的人真的都是这样。我诞生在港口，这里是温泉浴场。"她出乎意外地用坦率的声调说,"客人大致都是旅游的人。我虽然还是一个孩子,但听了各式各样人的谈话,不由得就喜欢了他。当时虽没有表露过什么,却永远使人怀念,怎么也忘不了。分别之后似乎就是这样的情形。客人当中能想起来给我写信的,大体上也都是这样的人。"

她从窗台上站起身来,这一次她在窗边的铺席上,温柔地坐下了。虽然像是回顾着遥远过去的日子,但脸上却突然现出她已坐到岛村身边的神情。

由于她的声音里充满了过于真实的感情,岛村甚至觉得他没费什么力就把这个女人骗到了手,这反而引起一种负疚的心情。

但也不能说他讲的是谎话。不管怎么说她是一个外行人。他对于女人的欲望,不想在这个女人身上去追求,只望不留下什么罪孽淡然地相处下去。她是过于洁净了。从一开头他看见她的时候,就对她另眼看待了。

而且他对选择夏天避暑的地方还拿不定主意,他甚至想把家小带到这个温泉村来。如果带来的话,幸而这女子是一个外行人,他的妻子可以跟她结成游伴,在闷极无聊的时候,也可学一学舞蹈。他真心实意地这么想。虽说他对她感到像是友谊的感情,而这么浅的程度,他可以置之度外的。

不消说，岛村这时大概还依然处在傍晚景色的镜中。他不仅不愿意同一个身世暧昧的女人发生什么事后的纠缠，而且也许还保持着一种非现实的想法，就像黄昏时候通过火车的玻璃窗望着映现的女人面容那样。

他对于西方舞蹈的趣味也是这样的。岛村在东京的工商业区长大成人，从幼小时候就熟悉了歌舞伎戏曲，及至在学校时，他特别爱好舞蹈和古典剧中有节奏的动作，他生性不管什么事不研究到底是不罢休的，到这时他就渔猎古老的记录，到老师傅家奔走访问，不久，他结识了日本舞蹈的新人，还写了一些研究或批评意味的文章。于是他对于日本舞蹈传统的沉睡不醒，以及对于一些新尝试的自以为是，当然感到了格外的不满，此后他为一种心情驱使着，要把自己投身到实际运动中去，同时也是受到日本舞蹈新人的诱惑，可他忽然改行转向西方舞蹈，从此他似乎完全不顾日本舞蹈了。反之，他搜集了西洋舞蹈的书刊和照片，甚至从外国辛苦地弄到宣传画和说明书之类的印刷品。这绝不是仅仅出于他对于异国和未知世界的好奇心，而是因为他就近不能看到西方人的舞蹈，就从这些篇幅上新发现了乐趣。岛村对日本人的西方舞蹈连看都不看，就是一个证明。凭借西方印刷品写作关于西方舞蹈的文章，那是再安逸不过了。没有见过的歌舞之类，不能算是现实世界的事情，所以这不过是摆在书桌上的空论，是天国的诗罢了。尽管定名为研究，也是随心所欲的想象，不是鉴赏活生生舞蹈家的肉体所展现的歌舞艺术，而是鉴赏歌舞的幻影，是从西洋词汇或照片上浮现出他自己的空想，宛如没有对象的恋爱的憧憬。可是由于他常常写一些西方舞蹈的介绍，他就侧身于文人之林，他自己对此是嘲笑的，但是他没有职业，所以这也就成为他暂时安身立命的所在。

他关于歌舞的这番话，成了使这个女人亲近他的助力，可以说他这方面的知识隔了多年才在现实上有了用处，或者也许是岛村于不知不觉之中，对这个女人像对西方舞蹈一样的对待了。

因此当他一注意到他那带有淡淡的旅愁意味的言谈似乎触到这个女人生活的痛处，他仿佛觉得自己做了一件亏心事欺骗了她。

"如果能够那样的话，下一次我即使把家小带了来，也可以同你愉快地一起游玩了。"

"是呀，你的话我完全明白了。"她的话声镇定下来，微笑着，露出少许艺妓风度的高兴神情说，"我也最喜欢那样，淡泊相处可以维持长久些。"

"那就替我叫一个来吧。"

"现在吗?"

"是的。"

"这真可怕。大白天里我能对人家讲这样的话吗?"

"挑剩下的破烂货我可不要啊!"

"你还说这样的话,你把这个地方看作只图发财的温泉场,可就想错了。你单看村子的外表还不明白吗?"她觉得非常遗憾似的以严肃的口调说,她一再竭力解说这个地方没有那样的女人。岛村一表示怀疑,她就发火,但是她退让了一步说,艺妓想要怎么样是随她自己的意思的,只是如果没和养家谈好就留在外面,那是艺妓的责任,以后有什么事,养家一概不管。可是如果预先谈清楚,那就是养家的责任,后事全部由养家照料,只有这一点是不同的。

"你说的'责任'是什么呀?"

"如同生了孩子啦,或是身体搞坏啦等等。"

岛村虽然对于自己糊涂的问话不免苦笑,却认为这个山村或许真会有这样随随便便的事。

他这个光吃饭不干活儿的人,自然地有寻找保护色的心理,所以每旅行到一个地方,对于那里的风习具有本能的敏感,从山上下来,看到这个十分朴素地方的景象,马上就认识了那地方的恬静悠闲,他向旅馆的人一打听,果然在雪国中这是生活最安乐的村庄之一。据说直到前两年通了火车的时候，这里主要还是农家温泉疗养的地方。艺妓居住的家屋，如菜馆啦、卖年糕赤豆汤的铺子啦，虽然门前都挂着褪色的半截布帘，而一看到那熏得污黑的旧式纸糊拉窗，就会怀疑这种地方会有客人来吗，再看卖日用杂货的铺子或粗点心店之类，里面也都养着一个艺妓，店的主人们除经营铺子外，似乎还干些农活儿。这个没领执照的姑娘，大概因为她是三弦师傅家女儿的关系，偶尔到宴会上去帮帮忙，艺妓中也就没有什么人出头挑剔了。

"那么说，这里有多少个？"

"你说艺妓吗？大概有十二、三个。"

"挺好的叫什么名字？"岛村说着起身去按铃。

"我回去吧？"

"你回去可不行。"

"真讨厌。"她像是在驱除屈辱似的说，"我回去啦。没什么关系，我一点都不觉得什么。我还会来的。"

但是她一看到女佣人，就若无其事地端坐起来。女佣人问叫什么人，问了几趟，她也不指出名姓。

过了一会儿，叫来一个十七、八岁的艺妓，岛村一见之下，把他从山上到村庄来时贪求女人的兴会全部打消了。她的手腕子皮肤是黑的，骨瘦如柴，可是一副天真的样子，人品似乎还好，所以他竭力不露出扫兴的面色，把脸朝向艺妓方面，而实际上他不禁注视着她身后窗口间现出新绿的群山。他已打不起精神来谈话了。这是一个彻头彻尾的山村的艺妓，因为岛村一直闷声不响，她像是有意转还一下，默默地站起身来走开，这样就越发冷场了，可是她仍然留了一个小时左右。他苦思怎样把这个艺妓打发回去，忽然想到曾经送来一个电报汇票，就借口邮局的时间关系，同艺妓一起走出了房间。

可是岛村到了旅馆的大门口，抬头一看后山，那里发出强烈的嫩叶的香气，像是受到了诱惑似的，就冒冒失失地登上山去了。

有什么事觉得可笑呢，却独自笑个不停。

到了相当疲倦的时候，他抓起单衣服底襟掖在腰带上，转过身就不停步地往山下跑去，在他的脚底下有两只黄色的蝴蝶向空飞起。

两只蝴蝶结伴飞舞，不久飞得比国境的山脉还高，黄色逐渐显得发白，已经在好远的地方了。

"你怎么啦？"在杉树林的遮阴下站着那个女人，"你像是开心地在笑哩。"

"这就算了。"岛村说着又莫名其妙地笑起来，"这算完事。"

"是吗？"

她忽然转过身子，慢慢地走进杉树林。他默默地随着走去。

那里有一座庙宇。她在苍苔斑斑的石雕狮子狗旁边，找一块平整的岩石坐下身来。

"这儿是最最凉爽的，在盛夏的时候还有冷风。"

"这儿的艺妓都是那个样子吗？"

"都差不多吧。年纪大一些的，倒有漂亮的。"她低着头冷淡地说。在她的脖子上映现着杉树林暗淡的青绿色。

岛村抬头望望杉树梢头。

"行了，一下子身上没一点劲儿，可笑得很。"

杉树高得不倒仰着用手扶着岩石挺胸向上看就望不到顶，而且树干都排列成一条直线，黑压压的叶子遮住天空，静悄悄地发着响声。岛村背靠着的那棵树干，就在这些杉树中也是最古老的一棵，不知道什么缘故，只有北面的枝丫，直到上方都枯槁了，残余的根茎，像是倒竖着尖尖的桩子栽到树干上去的，有些像可怕的神的武器。

"是我错想了。我从山上下来，你是我见到的第一个人，我就漫不经心地认为这里的艺妓似乎都不错呀。"岛村笑着说。到了这时他才注意到，他之所以动了念头想把这七天在山上调养的精力消遣一下，实际上是从他看到这个洁净的女人才开始的。

她目不转睛地凝视着在夕阳下闪光的远方河流，实在闲得无聊。

"唉呀，我忘了，你想抽香烟吧，"她竭力愉快地说，"刚才我回到你的房间里去，你已经不在了。我想你干什么去啊，从窗口看见你劲头十足一个人上了山，我觉得好笑。我想你也许忘记了带香烟，就把烟拿了来。"

说着从袖兜里拿出了他的香烟，点着了火柴。

"对那孩子真过意不去。"

"那算得了什么，客人不是可以随便什么时候叫她回去吗。"

河里很多石子，发出来的声音只觉得圆润甜美。从杉树间可以望见对面山窝里的阴影。

"要是不找一个不比你差的女人，后来再碰见你，我不会觉得遗憾吗？"

"谁爱听？你这人真是死不服输。"她闷着气讥笑似的说，可是在他们两个人之间，比在叫来艺妓之前，有了完全不同的感情。

岛村清楚地理解到他从一开头想要的就是这个女人，可是他照例要兜大圈子，他对自己越是觉得厌烦，那女子也就越格外显得美丽了。自从她在杉树林荫处招呼他以后，她像是全然摆脱了拘束，露出一副潇洒的姿态。

细高的鼻子略带愁闷神情,可是鼻子下如苞蕾似的小嘴唇,宛然像美丽的水蛭子轮箍滑溜溜地伸缩着,即使沉默的时候,还是使人感觉到它在蠕动,如果有皱纹或是颜色不好看,当然会觉得不洁净,可是这些一概没有,只显得光泽柔润。眼角既不向上吊也不向下垂,眼睛像是特意描绘成一条直线,虽然有些滑稽,而生着一撮短毛稍向下偏的眉毛,恰好遮盖着眼睛。圆圆的脸稍许凸出,轮廓相当平凡,皮肤像是白色的陶器涂了一层淡红,脖子梗还没长出肥满的肉,所以说不上是个美人,她最显著的特色是洁净。

从一个当过陪酒侍女的女人来说,她的胸部仿佛是圆滚滚的。

"唉呀,不知不觉飞来这么多的小虫子。"她抖一抖衣服的下摆站了起来。

在这样寂静的地方照样待下去,两个人只会无聊得大为扫兴。

大概是那天晚上十点钟,她从走廊上大声呼唤岛村的名字,"啪嗒"一声像要倒下来似的钻进他的房间。她马上靠在桌子边上,做出酒醉的手势乱抓桌上的东西,咕嘟咕嘟喝了水。

冬天熟悉这个滑冰场的客人,傍晚时从山那边过来,她跟他们遇见了,就被邀请到旅馆里去,又找来艺妓,狂欢了一场,她被灌了好多酒。

她的头摇摇晃晃,独自扯个没完。

"这样不好,我去去再来。他们不知道我怎样啦,还在找我。我随后还要来的。"她说着就歪歪倒倒地走出去。

约过一小时,长长的走廊上又响起了纷乱的脚步声,她像是东冲西撞,颠颠倒倒地走来了。

"岛村先生,岛村先生!"她发出尖锐的声音喊着,"啊,看不见。岛村先生!"

这是一个女人赤裸裸的心毫不含糊地在呼唤自己男人的声音。这是岛村没有料到的。可是这尖锐的声音必定在整个旅馆中震响着,他不知如何是好站了起来。这时她抓破了拉门上糊的纸,拉住门框子,就猛然倒在岛村的身体上。

"啊,你在呀。"

她搂住他坐下来,靠在他身上。

"我没有醉呀。喔,不。我哪里是醉啦。难过,只是难过呀!心里什么都清楚。啊啊,我想喝水。喝了威士忌混合酒,不行啊,这东西上了头,头痛。那些人买来的是劣酒,我不知道。"她这么说着,用手掌不断摩挲着脸。

房外的雨声忽然强烈起来。

只要略微一松胳膊,她身子就往下溜。他紧搂着她的脖子,女人的发型几乎被他的脸蛋儿压坏了,他的手伸进她的怀里。

她对他的要求不予理睬,她两只胳膊就像门闩似的,紧压在他所要求的那部位上,大概因为她已经醉得麻木了,使不出劲儿来,便在自己的胳膊肘上咬了一口。

"这东西,怎么搞的,畜生,畜生!我没力气啦。这东西。"

他吓了一跳,叫她放开了嘴,只见肘上已留下了深深的牙印。

可是她已经让他手任意摸索,她在手掌上胡乱写字。她说,要把她喜爱的人名字写给他看,先写了二、三十个戏剧和电影演员的名字,然后就继续不断无数次写了岛村两个字。

岛村的手掌鼓起来了,火烧火燎的。

"啊,我放心了。我放心了。"他温柔地说,甚至有了母性的感觉。

她又忽然发出一阵痛苦,身子挣扎着站起来,倒向房间对面的角落去。

"不行,不行啊。我要回去,回去啦。"

"怎么能走呢,在下大雨。"

"光着脚回去，爬回去。"

"危险哪。你要回去，我送你。"

旅馆在小山上，山坡陡峭。

"松开腰带，稍微躺一会儿，醒醒酒会好些。"

"用不着啦。就这样子可以了，我已经习惯了。"她说着端正地坐起，挺着胸，可是这样愈加使她喘不过气。打开了窗户，她想呕吐，也没有吐出来。她身子扭来扭去，像是就要滚下来，她咬紧牙关挺住，时时振奋着精神，翻来覆去地说，回去啦，回去啦，可是不知不觉之间，已过夜半两点钟了。

"你睡吧。我说你睡你就睡呀！"

"你怎么办呢？"

"我就这样。稍许醒一下，我回去。在天未亮之前我回去。"她说。她坐着往前蹭，拉住了岛村。"我不是说你别管我，你睡吧！"

岛村躺进被窝里，她把胸脯抵着桌子喝了水。

"起来呀。我说，叫你起来呀！"

"你说要我做什么吧。"

"你还是睡下吧。"

"你讲的是什么话。"岛村说着站起身来。

他把她拉了过去。

她把脸东边藏西边躲，可是过一会儿突然翘起了嘴唇。

但在这之后，她依旧像说梦话在诉苦，不知道这样反复说了多少次："不行，不行。你不是说过我们要做朋友吗？"

岛村被她那认真的话声所感动，看到她额头起了皱纹，蹙着眉拼命地在抑制着自己那种坚强的意志，觉得扫兴，毫无乐趣，他甚至想对她遵守他的诺言。

"我没有什么可惜的，我绝不是可惜什么。但是，我可不是这样的女人，我不是这样的女人呀。你自己不是说过一定不会维持长远吗？"

她酒醉得半麻木了。

"不是我不好，是你不好啊！你抵抗不住啦。你软弱了，不是我呀！"她信口这么说着，为了煞住她的高兴，用嘴咬着袖口。

暂时间仿佛失了神似的寂静下来，忽然又像想起了什么刺痛人心地说："你在笑啊。是在笑我呢。"

"我没有笑。"

"你心里在笑。即使你现在不笑，以后也一定会笑的。"她说着俯下身子哽哽咽咽地哭泣了。

不过她很快就停住了哭声，温柔地紧贴着身子，亲昵地琐琐碎碎谈起了自己的身世。酒醉的痛苦似乎消失了，刚才的事她一句也不谈。

"噢呀，我不知道我忘乎所以地跟你谈些什么。"这时她臊得满脸通红微笑着说。

她说她一定要在天亮以前回去，好几次她站起身打开了窗户看一看。

"还黑着呢。这一带的人都起得很早哩。"她说，"还看不见人影子，今早在落雨，谁也不到田里去。"

等到对面山上和山脚下的屋顶都在雨中浮现出来的时候，她还是不愿意离开，在旅馆的人起床之前，她理理头发，岛村想要送她到门口，她也怕被人看见，慌慌张张像逃跑似的，一个人溜到门外去。就在那一天，岛村回到东京去了。

"那个时候，你那么讲，可仍然是一片虚话呀！不然的话，谁肯在年底到这么冷的地方来。后来我也没笑过。"

她忽然抬起了贴在岛村手掌上的脸，从眼睑到鼻子的两边，透过浓厚的白粉，可以看出微微的红润。这使人想到雪国夜间的寒冷，可是由于头发的颜色是浓黑的，也感到一种温暖。

她的面孔浮现着炫眼的微笑，在微笑之中，她大概是想起了"那个时候"吧，岛村的话像是完全浸润了她的身体。她闷闷地垂下头来，从敞开着的衣领，甚至可以看见背脊都现出红潮，宛如新鲜的嫩肉裸露出来。也许是由于跟头发的颜色相映照，越发觉得如此。虽说她向上扎起的前发并不细密，但头发粗得像男人的一样，两鬓拢不上的短发连一根也没有，像是什么黑色的矿物发出浓重的亮光。

刚才手一碰到它，觉得这么冷的头发还是第一次接触过，吃了一惊，倒不是为了它的寒气，可以认为这是由于这样的头发本身的缘故，岛村又重新看了看，这时她正在被炉板上开始屈着手指，老是把手指弯来弯去弯个不停。

"你在算计什么？"她听了这话，依旧闷声不响屈指计算着。

"那是五月二十三日呢。"

"是吗，你在计算日子吗？七月和八月是接连两个大月份。"

"那就是第一百九十九天啦。恰好是第一百九十九天。"

"可是，你说是五月二十三日，你的记性倒不错。"

"一看日记立刻就晓得了。"

"日记？你在写日记吗？"

"是的。看看旧时的日记是快乐的。因为不管什么事毫不隐瞒地照原样写下来，一个人翻看着也觉得害羞呢。"

"从什么时候写起的？"

"在东京去做侍女不久以前。那个时候，手头钱很不方便，自己买不起，就写在两三分钱的杂记本上。用尺量着，画出细格子，把铅笔削得尖尖的，画出整整齐齐的线。在那本子上从顶到底密密麻麻地写满了小字。一到自己能买得起的时候，却糟了，因为把东西胡乱使用了。就连练习写字，从前都写在旧报纸上，近来却直接写在成卷的信纸上。"

"一直没有间断地在写日记吗？"

"是的。十六岁时写的和今年的最有趣。平素陪酒回家，换上睡衣就写起来。大概因为每次回来得都很晚，所以现在翻看起来还能发现有些地方写到半途中就睡着了。"

"是这样子吗。"

"不过，不是天天写，也有歇手的日子。因为在这样的山区里，照例有人叫你去出堂会。今年我买了一本每页上印着日期的簿子，要按日写，可是失败了。一写起来总是有拖长到装不下的事。"

更使岛村感到意外的，还不是日记的事情，她从十五、六岁时候起，把读过的每本小说也都记下来，这样的杂记本已经积累到十本了。

"你把读后的感想都写上了吗？"

"写不出什么感想来。不过是题目和作者，然后书中出现的人物名字，以及那些人物之间的关系等等。"

"记下这些东西不是没有什么用吗？"

"是没什么用处。"

"那么是白费工夫啦。"

"是呀。"她若无其事爽朗地回答，可是她目不转睛地盯住岛村瞧。

岛村不晓得为了什么想又一次强调说：这完全是白费工夫。恰在这时有一种飘雪似的寂静浸润了全身，这是由她引起来的。他明明知道这事对她来说，当然是不会白费工夫的，而他一从根本否定那是白费工夫，就反而感到她的存在是单纯的。

她所说的小说，听起来似乎与日常使用的文学这个词汇是没什么关系的。不过是和人交换一些妇女杂志读读罢了，她同这个村子里的人们谈不上有什么深厚的交往，所以后来似乎完全自个儿读了，既无选择，又不大理解，只在旅馆客厅等类的地方，一发现小说或杂志，她就借来阅读。根据她的记忆，她提出一些新作家的名字，其中有不少是岛村不知道的。但是她谈话的那种口风，全然像是谈到外国文学那种莫测高深的样子，发出近似毫无欲求的乞丐一般可怜的声调。这使岛村要想想看了，他自己凭借外国书刊的照片和文字不着边际地梦想着西方的舞蹈，大概也就是这么回事吧。

她也兴致勃勃地谈到她连看也没看过的电影和戏剧。这恐怕是由于她几个月来如饥似渴地找不到这种谈话对手的缘故。在一百九十九天前的那个时候,也为了这样的谈话而忘其所以,曾经使她主动地委身于岛村,这一点她大概忘记了,现在她又一次被自己所描绘的言语激动得连身体都像是热乎乎的了。

但是这样对于都市的憧憬,如今也已经被爽快的断念所掩罩,似乎成了天真的梦想,所以她并不像都市败北者那样发出傲慢的牢骚,却强烈地现出单纯的徒劳感觉。她本人并未露出这样凄凉的景象,而岛村看起来却像是有着不可思议的哀愁。如果浸沉在这样的思索中,岛村将陷入渺茫的伤感中,连他自己的生存也要看作是徒劳的了。然而在他眼前的这个女人却露出带有山地气氛活生生的血色。

不管怎么说,岛村对于她已经改正了看法,在对手变成了艺妓的现时,他反而难于把话说出口了。

在那个时候,她喝得烂醉,因为膀子麻木得不听使唤,牙齿痒痒地说着:"这东西怎么搞的,畜生,畜生!我没力气啦。这东西。"便在自己胳膊肘上狠命地咬了一口。

因为她的脚站不稳,就颠三倒四地打着滚说:"我绝不是可惜什么。但是,我可不是这样的女人,我不是这样的女人!"她说过的这些话,岛村又回想起来。他一露出踌躇不决,她马上注意到,像是顶撞似的说:"这是十二点钟的上行车。"恰好这时,听到汽笛鸣响,她说着站起身来,用尽气力粗鲁地拉开纸拉门和玻璃窗,身子向栏杆上一扑,就坐在窗台上。

这一来冷气直往屋子里灌。火车的响声渐渐远去,听起来像是刮起的夜风。

"喂,不冷吗?真胡闹。"岛村说着也起身走过去,但是没有风。

这是严寒的夜景,到处铺满了雪,雪的冻结的音响像是深深地从地底下发出。没有月亮,星星多得不可计算,抬头一看,它们鲜明地浮现着,好像在虚空中迅速向下落的样子。随着星群向眼前渐渐迫近,天空越发遥远,夜色越发加深了。国境的群山已经重重叠叠分辨不清,但正因为它们的雄厚,那压下来的黑影,在星空下方,很有重量地垂挂着。一切都保持着清冷寂静的调和。

她一知道岛村向她走来,前胸就抵住栏杆俯下身去。那种样子不是软弱无力的,而是以这样的夜为背景,做出再顽强不过的姿势。岛村心里想她的脾气又来了。

但尽管群山的颜色是幽暗的,却不知怎的,历历在目地现出了白雪的色彩。这时,使人感到群山又透明又冷清。

天空和山岳失掉了调和。

岛村搂住了她的脖子说:"这么冷,会伤风的。"他从后面使劲要把她抱起来。她把住栏杆不放,用窘迫的口吻说:"我回去了。"

"你走吧。"

"请让我再这样待一会儿。"

"那么我去洗澡啦。"

"我不要!你还是待在这儿。"

"把窗户关上。"。

"请让我再这样待一会儿。"

一半的村庄都被有守护神庙的杉树林遮隐着。乘汽车不要十分钟就可到达的火车站,因为寒冷的缘故,站内灯火闪烁不停,发出来回跃动的声音,像要毁坏似的。

女人的脸蛋儿,窗上的玻璃,他身上棉袍的袖子,凡是手摸到的东西,岛村认为像这么冷还是第一次。

甚至脚下的铺席都觉得冷冰冰的,他就一个人要往浴室去。这时她说:"请等一下。我也来。"

这一次,她坦率地跟着来了。

她正把他脱下来的衣服散乱地摆进筐子里,这时有旅馆里的男客走进来了,她缩着肩在岛村的胸前把脸藏起来。旅客一注意到她就说声"啊,对不起"。

"没关系，请进来吧。我们到那间浴室去。"岛村马上答了话。他赤裸着身子，抱着那散乱的筐子，走向隔壁的女浴室去。不需说，她摆出了夫妇的样子跟着来了。岛村一声不响，也不回头看一下，朝温泉里跳进去。这时他安下心来，不禁地要放声大笑，就对着温泉喷水口胡乱地漱了口。

回到房间来之后，她把躺着的头轻轻地抬起来，用小指头拢着鬓发，只是说了一声："我太可怜了！"

她的黑眼睛是半开半合着吗？逼近脸一看，那是睫毛的缘故。

她是个神经质的女人，始终没有合眼。

大概是她紧束腰带的声音，把岛村吵醒了。

"老早就把你吵醒，真抱歉。天还黑着呢！唉，你不看我一下吗？"她说着熄了电灯，"你看得见我的脸吗？看不见吗？"

"看不见。天还没有亮！"

"你瞎说。你不好好地看，那可不行。怎么样？"她说着打开了窗户，"不好，看得见啦。我回去了。"

黎明时刻，寒气使岛村一惊，他从枕头上抬起头来，天空虽然还笼罩着夜色，群山已经现出了晨曦。

"不要紧，可以走了。眼前农家正在休息，没有人这么早出来走动,不过,说不定有人要往山上去。"她自言自语的,一面说,一面拖曳着她正在束着的腰带走来走去。

"刚才五点钟的下行车,没有客人到来,所以旅馆里的人还都不会起床。"

系好了腰带以后,她时而站着,时而坐下,一直望着窗口踱来踱去。宛如怕见晨光的夜行动物迈着焦急的脚步找不到停身的地方,又像妖艳的野性昂奋起来的情景。

在这当儿,连房间里都明亮起来,她的脸蛋鲜红,分外引人注目。岛村看着她那使人吃惊的鲜艳的红色,说道:"你的脸蛋儿通红的,好冷啊。"

"不是因为冷,白粉落下来了。我一上床,立刻就暖起来,直热到脚尖。"她说着面向枕边的镜台,"终于天亮了,我回去啦。"

岛村朝她那方面望着,忽然把头缩回来,镜子里面,雪闪耀出雪白的光。在雪中浮现着她那鲜红的脸蛋儿,那是无可比拟的洁净美丽。

太阳已经升上来,镜中的雪增添了冷冽的像燃烧似的光辉。浮现在雪中的她的头发逐渐加深,闪耀出鲜艳紫光的黑色。

大概是为了不让雪垒积起来,水池子里涨溢出来的水通过一道临时挖的沟顺着旅馆的墙壁回旋，在大门口前面弥漫出浅浅的泉水。秋田县产黑色勇猛的狗，踩在那儿的踏脚石上，好半天舔着水。大概是从库房里取出来供客人使用的滑雪鞋，摆在那儿晒干。它们微微发霉的气味，被热水的蒸气冲淡了。从杉树枝上落向公共浴场屋顶的雪块，暖和得要崩坍下来。

转眼就要从年底转到正月，那条道路将被暴风雪隐没。要出去陪酒，就必须穿上冬季劳动裙裤和橡胶的长靴子，裹着斗篷，围着围巾。那个时候的雪深有一丈。岛村在她天亮前从小山上旅馆的窗口俯视的山坡路上，往下方走去，路边高高地晾着婴儿的尿布，在那下边现出了国境的群山，闪耀着雪的光辉，悠闲宁静。青绿的葱还未被雪埋起来。

在田地里，村庄的孩子们踏着滑雪板。

一走进公路旁的街道上，就可听见如雨水静静的滴答声。

屋檐下小小的冰柱发出可爱的光辉。

屋顶上有人在扫雪，洗澡回来的一个女人，眼睛眨眨地用湿手巾擦着额头，她向上望着说："您呀，可不可以把我家的雪也扫下来？"她大概是赶在滑雪季节前流入进来的一个女招待。隔壁人家是一家咖啡馆，玻璃窗上彩色的绘画已经陈旧了，屋顶歪歪扭扭的。

大体上各家的屋顶都葺着小块木板，板上排列着石头。这些圆石子只在阳光射着的半边，在雪中现出黑色的皮肤，它们的颜色与其说是湿润润的，不如说由于在风雪中长期暴露变成了黑木炭一般。这些房屋也和石子给人感觉的形象相近似，低矮地排列着，很合乎北国的情景—动也不动地伏在地面上。

成群的孩子们从沟渠里捞起冰块，扔向马路玩耍着。大概是那松脆的冰块碎裂后一飞起来就闪出光辉，使孩子们发生了兴趣。岛村站在日光下，觉得冰厚实得令人不能相信，他暂时继续眺望着。

一个十三、四岁的女孩子独自凭倚着石墙在织毛线。她在裙裤下穿着高底的木屐，可是没有穿袜子，光着脚显得红红的，现出冻裂的伤痕。在她身旁有一捆扎起来的树枝，上面一个三岁左右的女孩子天真地拿着毛线球。在小女孩和大女孩之间牵着的那一条灰色的旧毛线，发着温暖的光。

从相隔七八家屋舍前头的滑冰鞋制造所，可以听见刨子的声音。在对面一边的屋檐遮阴下，有五六个艺妓站着聊天。今天早晨岛村才从旅馆的女佣人口里打听到驹子的艺名，这个驹子似乎也在那里，像是同样的在望着他走来，而只有她一个人露出一本正经的脸色。她一定是脸色绯红的了，岛村想她能够装作若无其事的样子就好了，可是还来不及这么想，驹子的脸已经绯红到脖子梗了。既然是这样，把脸转过去不也好吗，她却窘迫地把眼睛垂下，而且随着他的脚步，一点一点地把脸转向他走去的方向。

岛村的脸也像是火烧似的，匆匆忙忙走过去，驹子马上追了来。

"真难为情，你从那种地方走过来。"

"说是难为情吗，我才真正难为情呢。那么一堆人聚在一起，我害怕得走不过来了。一向都是这个样子吗？"

"是呀，每天一过中午。"

"面孔通红又吧嗒吧嗒地跟着跑来，不更叫人难为情吗？"

"有什么关系。"她爽爽快快地说，可是驹子的脸又红上来，她就停在那里，抓住路边的柿子树。

"我想请你到我家里去，所以跟着跑来了。"

"你的家就在这儿吗？"

"唉。"

"要是给我看看日记，我可以去一下。"

"我准备临死时把日记烧掉。"

"不过，你家里不是有病人吗？"

"噢呀，你倒知道的清楚啊。"

"昨天晚上你不是到车站上去接他吗？你穿着深蓝色的斗篷。我在火车上，一直坐在病人的附近。陪着病人来的姑娘，实在是照顾得周到，实在是体贴入微，那是他的妻子吗？是从这里去迎接他的吗？是东京人？简直像是个母亲的样子，我看了她真是佩服。"

"你昨天晚上为什么不跟我讲？你那时为什么一声不响。"驹子怒气满面地说。

"是他的妻子吗？"

但是她不回答。

"你昨天晚上为什么不讲？你这人真怪。"

她这么厉声厉气地讲话，岛村很不高兴。无论在岛村或驹子方面都找不出什么理由会使一个女人这么激昂起来，那么这可以看作是驹子性格的表现吗，不管怎么说吧，由于她一再逼迫，就使岛村觉得他的弱点被暴露出来了。今天早晨当岛村在映现着山雪的镜中观望着驹子的时候，他当然也想起了在黄昏时火车的玻璃窗上映现的那个姑娘，可是为什么他竟然没有跟驹子讲呢？

"有病人也不碍事。谁也不上我的房间里来。"驹子说着走进矮石墙的里面去。

右首是雪盖着的田地，左首是沿着邻家墙壁排列的柿子树。房子前面似乎是花圃，正中间有一个小小的荷花池，池子里的冰块都已捞起放在池边，绯色的鲤鱼在游水。房子也像柿子树的树干一样腐朽。雪迹斑驳的屋顶，木板是腐朽的，屋檐起伏不平。

一走进泥土地房间的门口，就有一阵彻骨的空气，幽暗得什么也看不见，岛村就被领上了楼梯。这楼梯真正是一架梯子。上层的房间是一间地道的屋顶室。

"这房间从前是养蚕的。你吓了一跳吧。"

"这个样子，你喝醉酒回来的时候，亏你没跌到梯子下面去。"

"跌过的。不过在那种时候，我就往楼下的被炉里一钻，常常囫囵个儿地睡着了。"驹子说着把手伸进被炉的盖被里试了试，然后站起来去取火。

岛村环顾了这间奇怪的房屋情景。只朝南方向有透亮的矮窗，拉窗的格子很细，都是用纸重新糊过的，太阳照上去还算明亮。墙壁上也都精心地糊上纸，他的心情就像是进入了陈旧的纸箱子里，不过头上的屋顶都没有糊纸，朝窗口那面伸出去，越来越低，像是笼罩着阴暗的寂寞。一想到墙壁的那一边又是怎样的呢，就觉得这个房间是吊在半空中，总有些不稳固的样子。虽然墙壁和铺席都是陈旧的，却是分外地清洁。

这使人想象着驹子也像蚕一样把透明的身体安居在

这里。

被炉上盖着的被子,和裙裤一样是有条纹花样的棉织品。衣橱虽然陈旧,却是用很漂亮的直纹桐木做的,这大概是驹子在东京生活的纪念物吧。镜台是粗糙的,跟衣橱很不相配。红漆的针线活儿的盒子,还显出华丽的光泽。墙壁上钉着一层一层的木板,算是书架子吧,挂着薄呢的幔幕。

昨夜去堂会陪酒穿的夜服,挂在墙上,红色的衬里露在外面。

驹子拿着火铲子,灵活地走上梯子来。

"这是从病人房间里拿来的,可是他们说火还着得很旺。"她说着把刚盘结的头伏下去,拨动着火盆里的灰。她谈起病人害的是肠结核,回到故乡来等死的。

虽然名为故乡,这家的儿子却不是在这里诞生的。这儿是他母亲居住的村子。他母亲在港口的街市上做过艺妓以后,就留在当地充当舞蹈师傅,还不到五十岁患了中风症,为了治病顺便回到这个温泉来。她的儿子从幼小时候就喜好机械,好不容易才进了钟表店,依然留在港口的街市上,可是不久他去到东京,像是进了夜校。大概由于过分紧张弄坏了身体,今年才二十六岁。

驹子一口气讲了以上这些话,至于陪儿子回来的那个姑娘是什么人,驹子又为什么住在这个人家里,她仍然一句也不谈。

但是在这像是吊在半空中的房间里,仅仅谈的这些话,驹子的声音也要向四面八方泄露出去,岛村就坐不消停了。

刚要走出门口,他发现有微微发白的东西,转过头来一看,原来是桐木制的三弦匣子,看上去要比实际的尺寸大,觉得担着这个去赴堂会有些使人不能相信。这时被煤烟熏黑的纸糊的槅扇打开了,"驹姐,我可以跨过去吗?"

这是清澈而又带些悲哀声调的美丽的声音,像是从哪儿折返的回声。

岛村一听还记得这个声音,也就是那个叶子从夜间火车窗口招呼雪地里站长的声音。

"没关系。"驹子回答。叶子穿着裙裤轻轻地跨过了三弦。她手提着玻璃的尿瓶。

从叶子昨晚和站长谈话那种亲熟的样子,从这个裙裤式样,一望可知她是这一带的姑娘,因为在裙裤上半露着华丽的带子,所以红黄色和黑色条纹的棉织品的裙裤,也显得鲜艳夺目,薄呢的日本服长袖也同样显得艳丽。裙裤的腿部,略在膝头上的地方分开,所以看上去好像渐渐地鼓起来,而那棉织品的硬料子又像是紧紧地收缩着,令人觉得舒适。

但是叶子一闪眼,用刺人的目光望了岛村一下,什么话都没讲,就从泥土地的外间走过去。

一直到岛村走出了房外,叶子的眼神还像是在他面前燃烧不停。仿佛是遥远的灯火那样冷清。因为岛村想起了昨天晚上的印象,当他观望着火车玻璃窗上映现出叶子面容的时候,山野的灯火从她脸上的远处流过去,灯火和她的瞳仁重叠起来,忽然微微地现出了亮光,那时在岛村胸中颤动着无法形容的美丽。一想到这个,就又回想起驹子浮现在镜中满满的积雪上的绯红脸蛋儿。

他这么想着把脚步放快了。尽管岛村的脚又白又肥,可是因为他爱好爬山,用眼眺望着山景,不知不觉间精神恍惚地放开了脚步。他一向是容易忽然陷于茫然自失的状态,在他看来,那天黄昏景色的镜面和清晨白雪的镜面,令人不能相信是人工制造的,而是自然的产物,并且属于遥远的世界。

甚至连驹子刚刚走出来的房间,也好像是那个遥远的世界一样。他对自己这样的想法,也都吃了一惊,他攀登到了山坡顶巅的时候,看见一个女按摩在走路。岛村像抓住了什么似的说:"按摩大婶,可以给我按摩一下吗?"

"好呀,现在几点钟啦?"她说着把竹子拐杖夹在胳肢窝里,用右手从腰带中取出有盖子的怀表,用左手的指尖摸着表盘。

"已经过了两点三十五分了。三点半必须到车站那边去,可是稍迟一些也没关系。"

"表的时间你倒摸得很清楚啊。"

"是的,因为表的玻璃面取下来了。"

"你一摸就知道盘面上的字吗?"

"字是不知道的。"她说着又把那只女人用的大号银表取出来,揭开盖子,用手指摁给他看,说这里是十二点,那里是六点,正当中是三点。

"这么一计算,即使弄不清一分钟,也不会错两分钟。"

"是呀,你走山路不会滑脚吗?"

"要是下雨天,女儿来接我。夜里给村子里的人按摩,就不到这山上来了。老公本来不让我出来的,可是怎么经得住旅馆女佣人的撺掇呢。"

"你的孩子已经很大了吧。"

"是的,大的女儿十三岁了。"说着这些话,他们来到了旅馆的房间,暂时一声不响在按摩,她歪着脖子倾听远处堂会席上三弦的琴音。

"这是谁呀?"

"你一听三弦的琴声就可以知道是哪个艺妓吗?"

"有听得出来的,也有听不出来的。老爷,您的境况很不错,身体柔软得很。"

"还没有硬化吧。"

"硬化,脖子梗有些发硬。稍许胖了些,情形还恰好,您是不喝酒的呀?"

"你说得很对。"

"我知道有三个客人正好跟老爷的体格是一个样的。"

"极其平凡的体格。"

"怎么说呢。人不喝酒,实在会感觉到没有乐趣。喝了酒什么都会忘掉。"

"你的老板是喝酒的吧。"

"喝的,可叫人心烦。"

"这是谁,三弦弹得这么拙劣。"

"是呀。"

"你也弹琴吧。"

"是的。从九岁到二十岁学习过。自从嫁了人,已经十五年没弹过了。"

岛村想:盲人看上去总比她的年纪要轻些。接着说:"你确实小时候练习过弹琴吗?"

"这双手已经完全用来按摩了,可是耳朵还能听。一听艺妓她们的三弦琴,心里就不耐烦了。是呀,自己觉得又回到过去的时光了。"

她说着又侧耳倾听:"这也许是修井台铺子里的文子。弹得最好的和最不像样的,最能分得清。"

"也有弹得很好的吗?"

"驹子这个孩子,年纪倒很轻,可是近来已经弹得很熟练了。"

"噢!"

"老爷,您认识她呀?说她弹得很熟练,那也不过是在这山地里的谈论。"

"不,我不晓得。可是听说三弦师傅的儿子回来了,昨天晚上我跟他坐的一列火车。"

"哎呀,他身体好了回来的吗?"

"似乎不大好。"

"啊!听说为了那个在东京长期害病的男儿,驹子这孩子今年夏天甚至当了艺妓,寄钱到医院去,有了什么变故吗?"

"你说的那个驹子是……"

"说起来嘛,既然已经订了婚,现在有多少力量就用多少,往后也有个下场啊。"

"你说订了婚是真的吗?"

"是的。听说是订了婚的。我是不知道的,可大家都这么传言。"

在温泉旅馆里听女按摩讲到艺妓身上的事，本是太平常不过了，可是岛村却感到事出意外；驹子为了婚约当了艺妓，这也是太平常的情节，而岛村却有听不入耳的感觉，也许从道德上来考虑是有所抵触的缘故吧。

他开始希望听她深入地谈下去，可是女按摩却沉默不语了。

把驹子当作那男孩子的未婚妻，把叶子当作他的新爱人，但那男孩子如果不久死了的话，岛村的头脑里又浮现出"徒劳"这个词。驹子一直把婚约维持到底，甚至卖身也给他治病，这一切不是徒劳又是什么呢！

他想如果再碰到驹子的话，他就给她个冷水浇头，告诉她这是徒劳的，可是岛村心里却又一次感觉到她的存在是纯洁的。

在这种虚伪的麻痹中，岛村嗅到了岌岌乎恬不知耻的味道了，他凝神琢磨着这个滋味，直到女按摩回去以后，他还随便躺在那里，感觉到心凉，留心一看，窗户还依旧敞开着。

山峡间很早就照不到太阳了，已经冷冰冰地垂挂着黄昏景色。由于这朦胧的阴暗，遥远的群山上，积雪还闪耀着夕阳，像是飞快地逼近了来。

不久，群山各自因远近和高低不同，各式各样山窝的阴影逐渐加深了，等到只有山峰上还淡淡地残留着向阳的一面时，山顶的雪上现出了一片火烧云。

村子的河岸、滑雪场、庙宇等等，还有散布在各处的杉树丛，黑压压的分外显著。

岛村正处于空虚得无可奈何之际，驹子像点燃的灯火一样走进来了。

这个旅馆开了一次准备欢迎滑雪客人的商谈会。她说会后要举行宴会，她被召了来。她一钻进被炉，立即在岛村的脸蛋上摸来摸去。

"今天晚上面孔白净咧。好奇怪。"

她捏住脸蛋上柔软的肉，像是要把它揉破似的。

"你是个傻瓜。"

她似乎又有些醉意了，及至宴会结束她再来的时候："不管，我不管啦。头疼，头疼。苦恼，苦恼啊。"她说着就在镜台前把身子坍下来，脸上顿时现出了令人可笑的醉容。

"我要喝水。给我水喝。"

她两手蒙着脸，也不顾头发散乱就躺下去，过一会儿又坐直了身子，用雪花膏抹掉了白粉，裸露出通红的脸，驹子自顾自地继续高兴地笑着。她酒醒得那么快，令人觉得有趣。她像怕冷似的，肩膀颤抖着，然后发出安详的声音，谈起她八月间整整一个月都在害神经衰弱症，什么事也不做。

"我担心我会害了神经病。有些事拼命地想不通，可是究竟有什么事情想不通呢，我自己也不十分清楚。你说可怕吧。一点也睡不着，只有出去陪酒才能端端正正地坐着。我做了各式各样的梦。连饭也不大吃得进。坐在铺席上，把缝衣服的针扎进去又拔出来，在暑热的大白天里，一直这么做个不停。"

"你几月里出去卖艺的。"

"六月里。要是早那样的话，我现在也许到滨松去了。"

"去成家吗？"

驹子点了点头。她说，滨松的那个男人，不离左右逼着我跟他结婚，可是我怎么也不喜欢他，好久不知道怎么办才好。

"同你不喜欢的人，又有什么三心二意呢？"

"可又办不到啊。"

"结婚是有这么大的力量吗？"

"瞧你说的。我倒不是为了这个，可我这个人如果不把身边的事弄得消消停停，我就放不下心。"

"哼。"

"你这个人是马马虎虎的。"

"可是你和滨松的那个人有了什么关系吧。"

"如果有了的话,还有什么拿不定主意的呢。"驹子断然说,"不过,他说过这样的话:只要你还在这个地方,就不许你和任何人结婚,不管怎么样我都要出头找你麻烦。"

"他住在滨松那么远的地方,你还担心这个吗?"

驹子暂时沉默着,像是要享受一下自己身体的暖热,一动也不动地躺着,可是忽然间若无其事地说:"我以为我怀了孕啦。呵呵,现在想起来觉得可笑,呵呵呵。"她面含笑容使劲把身子一缩,用两只紧握的手,像孩子般抓住了岛村的衣领。

她把双眼合在一起,可那浓密的睫毛却又一次使人想到她的黑眼珠还像是半开着。

第二天早晨,岛村一睁开眼,就看见驹子一只胳膊肘架着火盆,在一本旧杂志里乱写着什么。

"唉,我回不去啦。女佣人送来了火,看着真不像话,我一惊跳了起来,太阳已经照到拉窗上。昨天晚上喝醉了酒,糊里糊涂地就睡着了。"

"几点钟?"

"已经八点啦。"

"去洗个澡吧。"岛村说着起了床。

"不，走廊里会碰到人的。"她完全变成一个老老实实的女人了。岛村从浴室回来的时候，看见她用手巾灵巧地扎着头，勤恳地在打扫房间。

她非常仔细，甚至连桌脚和火盆的边缘都要擦一擦，把灰耙平，看样子像是做惯了的。

岛村把脚伸进被炉里，歪着身子，香烟灰掉下来，驹子赶快用手帕抹掉，她拿来了烟灰缸。岛村露出晨光似的笑脸，驹子也笑了。

"你要是有个家，老公一定常常挨你的骂。"

"我并没有骂你什么呢，人家常常笑话我，说我连要洗的衣服都叠得整整齐齐的，不过我生性是这样的。"

"常言说，到衣橱里一看就可以了解一个女人的性情了。"

满屋子里照耀着温暖的朝阳，她一面吃着饭一面说："天气可真好。早点回去练练琴那就好了。这样的日子，声音是两样的。"

驹子抬头望着澄澈深远的天空。

远方的群山被柔和的乳色包裹着，雪像烟雾一样。

岛村回想起按摩师讲的话，就说在这儿也可以练一练嘛。驹子立刻起身，打电话到家里要人把替换的衣服和三弦的歌曲本子同时送来。

岛村想白天见过的那座房子还会有电话吗？他头脑里就浮现出叶子的眼睛。

"是那位姑娘拿来吗？"

"也许会的。"

"听说你跟那家儿子订过婚了？"

"唉呀，你什么时候听说的？"

"就在昨天。"

"你这个人真滑稽。你既然已经听到了，可为什么昨天晚上不讲呢？"她说。但是这一次跟昨天白天里的情形不同，驹子清秀地微笑了。

"我很尊重你，所以难于开口。"

"你心里可不是这么想，东京人好说谎，我顶不喜欢。"

"你看我一提出来，你不就把话扯开了吗？"

"我不是把话扯开。你听了这话，可认为是当真的吗？"

"我认为是真的。"

"你又在说谎。你虽然不认为真有这种事，却要说……"

"起初我也有些听不入耳。可是听说你为了婚约的关系，当了艺人，靠赚来的钱作治病的费用。"

"这种像新流派戏剧上的话，我听了讨厌。说有婚约，那是瞎说。好像有很多人都是这么想。我不是特别为了什么人去当艺妓的，自己做的事总是非做不可的呀。"

"你尽说这些像猜谜似的话。"

"我明白地告诉你吧。也许师傅曾经这么想过,要我和他的儿子搞在一道,可这只是他心里想,一次也没说出口来。师傅心里的事,我和他儿子也都稍微知道。可是我们两个人并没有什么其他关系。就只这么回事。"

"你们是从小混在一起的。"

"是的,不过各人顾各人的生活过来。我被卖到东京去的时候,只有他一个人给我送行。在最早的日记里一开头的地方,我就记下了这件事情。"

"两个人如果都在港口的街市上,现在也许就合在一道了。"

"我想不会的。"

"是这样吗?"

"用不着替别人担心吧。因为人都快死啦。"

"再说呢,你留宿在外面什么的可不大好啊。"

"你这么说,可不对头。我喜欢怎样就怎样,一个要死的人怎么能管得了我呢。"

岛村无话可答。

然而驹子一句也没有提到叶子的事,这是什么缘故呢?

再从叶子来说,她在火车里甚至像一个小母亲那样忘我地百般体贴,带着那个男人回来,而在大清早却肯把替换衣服送给与他或许有过什么关系的驹子,她究竟是怎样的想法呢?

岛村又陷在他素有的渺茫的空想里了。

"驹姐,驹姐。"他听见了叶子美丽的呼声,声音很低可是清朗。

"来啦,让你受累了。"驹子答应着走向隔壁三铺席子的房间去。

"叶子姐姐拿来的吗?哎哟,这么多东西好重啊。"

叶子没有响,似乎马上回去了。

驹子用手指把第三条琴丝拨断,换过以后,调理着音调。这时岛村已经体会到她的清朗琴音,便打开了被炉上鼓鼓囊囊的大包袱来看,里边除了普通练琴的书以外,还有杵家弥七的《文化三弦谱》约二十册,他觉得意外就把书拿在手中。

"你用这个来练琴吗?"

"因为这里没有师傅嘛。有什么办法呢?"

"你家里不是有吗?"

"他中风啦。"

"尽管中风,他可以用嘴讲。"

"他的嘴也不灵了。舞蹈方面,他还可以用左手纠正舞蹈的姿势,可是他一听到三弦的声音就觉得吵得很。"

"这个你也看得懂吗?"

"懂得很。"

"外行人不算数,一个艺妓在这么偏远的山区里,都这么一本正经地钻研,制作乐谱的听了会大为高兴吧。"

"在宴会上陪酒,主要是舞蹈,而且到东京去学习的,也只是舞蹈。三弦琴,真正记得的很少很少,一忘记,就再找不到人给你复习了,只好靠乐谱。"

"歌曲呢?"

"歌曲嘛。在练习舞蹈时听惯了的,也还可以,新的曲子,在广播里或是在别的地方听了记住的,究竟怎样,不大有把握了。有些是自撰的,唱起来一定叫人发笑。在不相识的人前,就放声唱了,可是一到熟识的人面前,就发不出声来。"她略微腼腆了一会儿,然后摆出一副准备唱歌的姿势,用眼盯住了岛村的面孔。

岛村突然觉得气馁了。

他是在东京的工商业区长大的,幼小时候常观赏歌舞伎和日本舞蹈,自然听得耳熟,不知不觉记住了歌舞曲的文句,可是自己没有学习过。一谈到歌舞曲,立刻想起来的是舞蹈的舞台,绝想不到艺妓的堂会。

"真讨厌。你是个最能使人拘束的客人。"驹子说着咬了一下嘴唇,把三弦琴摆好在膝上,宛如另外一个人的样子，坦率地把练琴的书打开了。

"今年秋天从琴谱上学习的。"

那就是《劝进帐》。

岛村忽然感到清凉，脸上好像要起鸡皮疙瘩，连肚子里都是透心凉。在茫茫然的头脑里，三弦的琴声不知所以地轰响起来。与其说这使他完全受了惊吓，不如说他被征服了。他为一种虔敬的念头所感动，洗净了悔恨的思虑。他感到自己没有力量，只好任凭驹子的力量随意推动，愉快地让身体飘飘然浮起来。

十九或二十岁的乡下艺妓弹的三弦，按说不会怎样高明，可她们在陪酒时却像在舞台上弹的一模一样。岛村试想，他这时的感觉只不过是由于自己在山区里的感伤。驹子时而特意照本宣读，时而把声调放慢，说一声这里好啰唆，便跳过去。可是她渐渐像中了魔似的把声音提高了，三弦拨子的声音不知发出多么强烈的响声，岛村有点怕听了，就装模作样地枕着胳膊肘躺下来。《劝进帐》一弹完，岛村这才松了一口气，他想，这个女人迷上我了，倒也怪可怜的。

"在这样的日子，音响是不同的。"驹子仰望着晴朗的雪天这么说。因为空气是不同的。既没有剧场的墙壁，也没有听众，又没有都市的尘埃，音响澄澈地穿过纯净的冬天清晨，一直传到遥远的雪山。

虽然她自己并不知道，而她平素是以山峡的大自然为对手，孤独地练着琴，由于她已习惯于此，自然挑动的琴音就强劲有力。她的孤独暗藏着野性的威力，踏碎了哀愁。虽说她多少有些基础，而用曲谱独自学习复杂的曲子，直到能离开曲谱弹得自如，这一定和她那坚强意志的努力是分不开的。

驹子的生活方式，在岛村看来是空虚的徒劳，是值得可怜的对遥远的憧憬，而这种生活对于她本人的价值，从她凛然挑动的琴音里似乎都流露出来了。

岛村听曲的程度，对于细致的巧妙手法，耳中听不进去，只懂得音响的感情，这对驹子说来，大概是一个正合适的听众。

在第三个曲中开始弹《蛎鹬》的时候，由于这个曲子的艳丽柔和，岛村像要起鸡皮疙瘩的感觉消失了，他温暖而又安逸地盯住驹子的面孔，这时他深切地感到肉体上的亲密感情。

细长的高鼻梁，的确显得有些愁闷，可是两颊上生动地泛起红潮，好像在低声表示她的存在。她的嘴唇光滑得如美丽的水蛭子的轮箍，合拢起来的时候，映现在上面的光泽依然滑溜溜地蠕动着，尽管歌唱时嘴张开得好大，还是会立刻可爱地收缩回去,那种样子跟她身体的魅力一模一样。在略向下垂的眉毛下,像是特意描成一条直线的眼睛,眼角既不向上也不向下,虽然觉得有些可笑,而现在湿润润地发着光辉,显出天真幼稚的气色。仿佛剥掉了球根的百合或洋葱那么鲜嫩的皮肤,没有擦粉,宛如在城市卖艺时透明的场地染上了山色似的,微微的血色直升到脖颈,真是比什么都更洁净美丽。

她端正地坐在那里,露出平素见不到的女儿气派。

最后驹子说现在继续演习,看着曲谱,弹了新曲《浦岛》,然后她把三弦拨子插在弦下,身子松坍下来。

突然间她春情满面了。

岛村什么话也讲不出,驹子更没有露出要听一听岛村批评的神色,只是天真地表现着快活的情态。

"你只要听了这里艺人的三弦,就可以知道那是谁弹的吗?"

"当然晓得。总共也不到二十来个人。二十六音的俗曲最能听得出来,因为那最能表现一个人的癖性。"

她说着抬起三弦,右腿弯曲着往前挪一挪,把三弦的琴壳子摆在腿肚子上,腰向左边偏,身体向右斜,窥视着三弦琴说:"小时候是这样学习的。"

她学着幼儿的声调唱:"黑……色……的……头……发

呀……"铿锵地挑动着琴弦。

"最初是学的《黑发曲》吗?"

"不,不。"驹子露出幼小时的情态摇着头。

其后,驹子即使留宿下来,也不再勉强要在天亮以前回去了。

旅馆里的女孩在走廊上远远地叫着:"驹姐。"声音先低后高。她就把孩子抱进被炉里,一心一意地陪她玩耍。到了将近中午,她就带着这三岁的孩子一同去洗澡。

洗过澡后,她一面给女孩梳着头发一面对岛村说:"这孩子只要一看见艺妓,就用先低后高的语调喊着'驹姐'。无论在照片上或是在绘画上,只要见到梳日本式头发的,就说这是驹姐。她很聪明,知道我是喜欢孩子的。君儿,到驹姐家里去玩好吧?"她说着站起身来,可是在走廊的藤椅子上又坐下说:"东京来的一些心急的人们,已经在滑冰啦。"

这个房间是在高处,方向朝南,从旁可以远远地望见山脚下的滑冰场。

岛村也裹在被炉里回过头来看,斜坡上还显露着斑斑点点的积雪,有五六个穿着黑色滑冰服装的人在远处山脚下的田野上滑冰。一级一级的田畦还没有铺满雪,又没有什么坡斜度,因此并不好玩。

"像是些学生们。今天是星期天吗?就这么玩,有什么趣。"

"不过,他们滑冰的姿势可不错。"驹子自言自语似的说,"在滑冰场上,客人们一见到艺人都露出很惊讶的样子,'噢呀'一声,说是你吗?常滑冰晒得黑黑的不认识啦。因为在晚上都涂脂抹粉打扮得好好的。"

"也是穿着滑冰的服装吗?"

"穿着劳动裙裤。在赴堂会时老是说,不干啦,不干啦。可是一有人说明天去滑冰场吧,就立刻又去了。今年不打算去滑冰了。再见吧。唉,君儿,我们走。今天晚上要下雪。落雪之前的晚上会冷的。"

岛村在驹子离开后的藤椅子上坐下来,他在滑冰场尽头的斜坡上望见驹子牵着君儿的手回家去。

云彩出来了,好多山被遮盖住,和还见阳光的山重叠起来,在阴影下向阳的那一面时刻在变化,正是一片微寒的景象,可是不久滑冰场全被阴云笼罩了。他往窗下一看,枯槁的菊篱笆上挂着寒冬的霜柱,然而在水管中不断地发出屋顶积雪融化的水声。

那一天夜里没有落雪,在落了雪珠之后下了雨。

在离开前的那一晚,月光清澈,天气严寒,所以岛村又一次叫了驹子来，已经快到十一点钟了，可是无论如何她一定要出去散步。她有些粗暴地从被炉里把他抱起来，勉勉强强把他带出去。

街道冻结着，全村一片寒冷，寂静无声。驹子卷起下摆，塞在腰带里。月亮澄清地浮现着，完全像是切入冰块里的蓝色的刀刃。

"到车站上去。"

"你发疯了，来回有七八里路。"

"你就要回东京去了，到车站上去看看。"

岛村从肩膀到大腿都冻得麻痹了。

回到屋里之后，驹子突然垂头丧气地把两只胳膊深深地插入被炉里，低着头，一反常例没有去洗澡。

被炉上的被窝还是照原样不动，也就是上边还罩着一层盖被，垫被的下部像是搭在被炉的火边上了，一张睡铺已经铺好，可是驹子从旁抵着被炉取暖，茶呆呆地低头沉思。

"你怎么啦?"

"要回去了。"

"你胡说什么!"

"别管我，你睡觉吧。我愿意坐在这儿。"

"你为什么要回去呢?"

"不回去啦,我就这样待到天亮。"

"无聊得很。你别闹别扭。"

"我不是闹别扭。我没有闹别扭。"

"那么……"

"不,不,我心里烦。"

"这算什么呢?毫不相干的事。"岛村笑出声来说,"我不会把你怎么样的。"

"不。"

"那么胡乱跑了一趟,真是荒唐。"

"我要回去啦。"

"不用回去吧。"

"我难过。我说,你还是回东京去吧。我难过。"驹子说着把脸伏在被炉上。

他想她所说的"难过",是指她对一个旅人逐渐深陷进去的那种不安的心境,还是为了拼命地抑制住自己的感情而感到的难受呢?这个女人的感情已经发展到了这种地步吗?这使岛村暂时默默地沉思了。

"你就回去吧。"

"说实在的,我也想明天就回去。"

"噢呀,你为什么要回去呢?"驹子像是忽然醒来扬起了面孔。

"就是老待下去，我也想不出主意对你怎么办才好啊。"

她像是漠然地注视着岛村，可是突然用激烈的声调说："所以说你这个人不行，你不行。"她焦躁地站起身来，忽然搂住岛村的脖子慌乱地说："你这么说可不行！你起来，我要你起来。"她信口说着，自己却倒下了，像是狂热得连自己的身体都忘记了。

后来她张开了温暖湿润的眼睛，用手拢着散乱的头发安静地说："明天你真的回去吧。"

岛村决定第二天下午三时动身，正在换衣服的时候，旅馆掌柜悄悄地把驹子招呼到走廊去。他听见驹子的答话，说希望算作十一个小时左右。而掌柜也许认为长达十六、七小时是过长了。

一看账单，早晨五时走的就以五时截止，第二天十二时走的就以十二时为止，一切都按照时间算的。

驹子在外衣上围着白色围巾，到车站上来给他送行。

为了消磨时间，岛村去买了木天蓼腌果和菌子罐头之类的土产，可是还多余了二十分钟的时间，于是就到车站前一片高地的广场上去散步，眺望着被四面雪山包围着的狭窄土地。驹子的头发过于乌黑了，在遮阴的山峡的寂寞中，反而显出凄凉的情景。

在远方河下游的山腰里，有一块地方不知怎么照射着淡薄的日光。

"自从我来了以后,大部分的雪不都融化了吗?"

"不过,落雪两天立刻就会积成六尺厚。要是再继续落下去,电线杆子的电灯都要埋在雪里。要是走路时想到你什么的,电线会勾住脖子叫人受伤。"

"积得那么厚吗?"

"就在前边的一家镇上中学,听说有人光着身子从宿舍的二楼窗口跳到雪里去。他们的身体一下子就沉没到雪里不见了。他们像是游泳一般,在雪地里走动着。你瞧,那边还放着除雪车。"

"很想来看看雪景,可是在新年里旅馆会很拥挤吧?火车会不会被雪崩埋起来呢?"

"你是奢侈的人呢!你老是过着那样的生活吗?"驹子注视着岛村的面孔,"你怎么不留胡髭呢?"

"嗯,我是想留的。"他说着用手抚摸着刮得干干净净的脸,心里想,自己嘴边上那一条漂亮的皱褶,把柔软的脸蛋儿显得轮廓分明,大概驹子会欣赏的。

"你呢?向来脸上的粉一抹下来,就像刚刚用剃刀刮过脸似的。"

"乌鸦在叫,听起来好不舒服。它在哪儿叫呢?天气好冷。"驹子说着仰望天空,两只胳膊按住肋骨。

"到候客室火炉边去烤烤火吧。"

这时,在从公路折向停车场的宽阔的路上,有人慌慌张张地跑了来,那是穿着劳动裙裤的叶子。

"啊啊,驹姐,行男哪……驹姐。"叶子喘不过气来地说,她好像是一个小孩子刚刚逃离了什么可怕的东西缠住母亲不放似的抓住了驹子的肩膀,"赶快回去,情况可不好。快点。"

驹子像忍受着肩膀的痛楚闭上了眼睛,脸上突然失掉了血色,出乎意料她坚决地摇了摇头。

"我在给客人送行,我不能回去。"

岛村吃了一惊说:"什么送行啊,这种事用不着啦。"

"这不好。你下次还来不来,我都不知道。"

"来的,来的。"

叶子仿佛没有听见她说的话,焦急地又说:"刚才我打电话到旅馆去,说是你到车站上来了,我就奔了来。行男在招呼你。"她拉住驹子,驹子一动也不动,可是突然推开她。

"我不愿意。"

这时候倒是驹子向后踉跄了两三步。然后她感到一阵恶心,可是嘴里什么也没有吐出来,眼边上湿润了,脸蛋上起了鸡皮疙瘩。

叶子紧张地呆住了,用眼盯住了驹子。可是脸色由于过分严肃的缘故,并未现出愤怒、惊讶或悲哀,像是罩上一副假面具,显得非常单纯。

她保持着这样的脸色,回过头来,突然抓住岛村的手,只管放开嗓门紧紧地缠住他说:"真对不起,请你让这位回去吧,让她回去吧。"

"是,我让她回去。"岛村大声说,"赶快回去,糊涂虫。"

"你说的这是什么话。"驹子对岛村这么说着,用手把叶子从岛村身边推开了。

岛村的手因为刚才被叶子抓住,手指尖都有些麻木了,可是他指着车站前面的汽车说:"现在马上就让她乘那辆车回去,无论如何你先回去好吧,这里有那么多的人在观望呢。"

叶子用力点头,口里说:"快点,快点。"转过身就跑走了,她来去匆匆短促得不能令人相信。望着她逐渐远去的后影,岛村心里起了在这种情形下不该有的疑惑——这个姑娘为什么老是露出那么严肃认真的样子呢?

叶子带有悲哀的美丽的声音,现在像是从雪山方面响起了回声,残留在岛村的耳里。

岛村想去找汽车司机,驹子把他叫回来说:"你往哪儿去？不，我不回去。"

岛村忽然从肉体上对驹子感到了憎恶。

"在你们三个人之间或许有过什么样的情况，然而那个男儿也许现在快要死了。他不是想和你见一面才让人来叫你的吗？老老实实地回去吧，不然你一生都要后悔的。在我们这样谈话的时候，他如果断了气，那可怎么好。你不要固执，过去的事情全都不要计较了。"

"你弄错了。你误会了。"

"你被卖到东京去的时候，不是只有他一个人给你送行吗？在你最早的日记里，一开头就记入的人，他临终时你都不去见一面，哪里有这个道理呢！在他生命的最后一页上，你应该去把它记下来。"

"我不愿意去看人临终的情况。"

这话听起来像是含有冷冰冰的薄情，可又像是含有过分热烈的爱情，因此岛村迷惑不解了。

"日记已经不能再写了。我把它们都烧掉。"在驹子这么喃喃说话之间，不知道为什么她的脸蛋儿红了起来，"你是个老实人吧。果真是个老实人的话，我把我的日记全部送给你也没关系。你不会讥笑我吧。我虽然一向都认为你是个老实人……"

岛村莫名其妙地受了感动，是的，他仿佛感到像他那么老实的人是没有的,于是他不再强迫驹子回家去。驹子也默不作声。

旅馆掌柜从分店走出来,通知已经开始剪票。

只有四五个本地人,身穿阴暗的冬天服装,一声不响地在上下车。

"我不进站台啦。再会吧。"驹子说着站在候车室的窗口。玻璃窗是关闭着的。从火车里向那窗口望去,像是寒村中一家衰败的水果店里熏黑的玻璃匣子,内中有一个奇怪的水果被人忘记了还摆在那里。

火车一开动,候车室的玻璃立刻闪着光,驹子的面容朦胧地在那闪光中浮升上来,可是转眼之间就消失了,那面容和那天早晨映现在白雪镜中一样的通红。在岛村看来,那就是与现实告别时的一种颜色。

从北面登上国境的山脉,穿出了漫长的隧道,这时,仿佛冬天午后的薄光被吸引进地下的黑暗中去,又仿佛那陈旧的火车在隧道里脱落了明亮的外壳,在山峰重叠之间,向已开始出现暮色的山峡下方行去。这一带还没有落雪。

顺着河流不久走出到辽阔的原野,山头月亮已经现出颜色,山顶像是用刀雕刻的,很有趣,那里有美丽的斜线缓慢地伸延到遥远的山脚下。在原野的尽头,山岳的全貌成为唯一的景色,在淡淡的夕照的空中,清晰地勾画出深浓的宝蓝色。月亮并没有发白,还是薄薄的一片颜色,没有冬夜的清寒。空中没有一只鸟儿飞翔。山脚下的原野毫无遮拦向左右扩展,一直延伸到河岸,在那地方伫立着雪白的水力发电站。在冬景凄凉的车窗上,那是模糊可见的晚景。

暖房的水蒸气开始笼罩了窗口,外面川流过去的原野逐渐阴暗下去,乘客依然半透明地映现在玻璃窗上,那成了晚景中镜面的游戏。与东海道铁路线上的不同,这里的火车像另一国家的火车似的,都是使用了多年褪了颜色的旧式客车,只挂了三四辆,电灯也是黑暗的。

岛村好像乘在什么非现实的车辆上,失去了时间和距离的观念,他陷入精神恍惚的状态,觉得他的身体空虚地被运行着,在单调的车轮的响声中,他开始听见了女人的话声。

这些言语很短又破碎不全,却是女人以全副精力在生活的标识,他听这话时心里很痛苦,怎么也不能忘记。声音已经变得遥远了,这给去向远方的岛村增添了旅愁。

在这时候,行男大概已经断了气吧。驹子为什么顽固地不肯回去呢?因此在行男瞑目时驹子并未到场吗?

乘客少到令人害怕的程度。

只有一个年过五十的男人和一个面孔红红的姑娘面对

面一直不断地在谈话。那姑娘在肥满的肩膀上裹着黑色的围巾,血色鲜艳像燃烧的火焰。她挺着胸脯一心一意地听着,愉快地顺口答应。他们像是走上漫长的旅程的两个人。

可是一到制丝工场竖着烟突的车站,那个老爹慌忙从行李架上取下了柳条包,从窗口放到站台上去,一面说:"要是天缘凑巧我们还会碰在一道的。"他向姑娘说了这话便下了车。

岛村忽然感到要流出眼泪来,自己也不禁一惊。这越发增加了他和那女子别离的感触。

他做梦也没有想到这两个人是乘车偶然相遇的。那个男人大概是一个行商之类的人。

因为到了蛾子产卵的季节,在他离开东京家里的时候,妻子嘱咐他说,不要胡乱地把西装挂在衣架或墙壁上。及至来到旅馆一看,房间的屋檐上垂挂着的装饰灯,都有六七匹玉蜀黍色的大蛾子叮在上面。隔壁三铺席子房间的衣架上,也聚集着虽然小可是身子肥肥的蛾子。

窗口还装着夏天避虫子的纱窗。仍然有一只蛾子像粘在纱窗上似的停在那里,一动也不动。它伸出的触角,带有丝柏颜色的小羽毛。但是它的羽翼是透明的、淡绿色的。那羽翼有女人的手指那么长。在窗外绵延的国境的群山,映照着夕阳,已经染上秋色,这一点点的淡绿色反而如死寂一般。只有前翅和后翅重叠起来的部分,绿色较浓。一刮起秋风来,羽翼就像薄纸似的飘飘摇动了。

岛村想这小生物还活着吗?他站起身来从纱窗里边用手指弹着它,可是蛾子并不动颤。他用拳头捅上去,它如树叶一样飘然往下落,在下落中间,它又轻轻地飞舞起来了。

仔细观望,在对面杉树林的前方,有成群的蜻蜓飞行,宛如蒲公英的棉毛在飘舞着。

山脚下的河流像从杉树梢上流出来的。

白色胡枝子似的花盛开在稍高的山腰上,闪耀着银色的光,岛村看也看不厌。

从浴池里走出来,岛村看见卖东西的俄国女人坐在大门口。岛村心想竟到这样的乡下来了吗,便走去看了看。都是些常见的日本化妆品和发饰之类的东西。

这俄国女人好像四十岁出头了,面孔上生着细密的皱纹,不大洁净,从肥粗的脖子可以望见的肌肤,雪白丰满。

"你是从哪儿来的?"岛村问。

"从哪儿来的?问我,从哪儿来的吗?"俄国女人一面收拾着摊头一面思索着,不知道怎样回答。

她穿的裙子好像裹在身上的肮脏的布,已经失掉了西装的感觉,她像习惯了日本的风俗,背着大包袱走了。不过她脚上还是穿着皮鞋。

跟岛村一同望着她离开的旅馆女掌柜,请他走进了账房,在炉火边上有一个身材高大的女人面朝里坐着。这女人提起下摆起身走开了,她穿着印着家徽的黑色衣服。

这是岛村还记得的一个艺妓,他在滑冰场的宣传照片上曾经看见她穿着宴会的服装套上棉布裙裤,踏着滑雪板,和驹子并排站立。她已经是皮肉松软而仪态大方的一个半老的女人。

旅馆的主人在炉子上架着火筷子烤椭圆形的大馒头。

"不成东西,尝一个好吧,这是喜庆的礼物,为了消遣,您吃一口尝尝看。"

"刚才的这个人已经歇手了吗?"

"是的。"

"很好的艺妓呀。"

"已经满期了,她来告别的。从前倒是一个很吃得开的孩子呢。"

岛村吹着热馒头咬了一口,皮很硬,发出陈腐的气味,有点酸。

窗外熟得通红的柿子映在夕阳下,柿子的闪光好像要射到炉灶上吊着的竹管子边上了。

"芒草长得那么长。"岛村吃惊地说,观望着山坡路。背着东西的老婆子在路上走着,芒草有她身高的两倍长,而且生出长长的穗子。

"是呀,那是萱草。"

"是萱草吗?是萱草吗?"

"铁道部开温泉展览会的时候,造茶室供作休息的地方,就用这里的萱草铺屋顶。听说有个东京人就把那茶室完全原样地买了去。"

"是萱草吗?"岛村又一次自言自语地说,"山上开花的是萱草啊,我本来认为是胡枝子呢。"

岛村从火车上下来,最先看到的就是这种山上的白花。在陡峭山腰中接近山顶,这些花全面盛开着,闪出银色的光。那很像是秋日的阳光从山上射下来,使他惊讶地动了感情。他把它们认作白色的胡枝子。

但是这些长得又粗又长的萱草,离近一看,和从远山仰望时令人感伤的花是全然不同的。它们把背着大捆草的女人们的身体完全遮隐住,在山坡路两边的石崖上沙沙地响。穗子都长得很健壮。

回到住房来一看,在点着十支光电灯的半明半暗的隔壁房间里,发黑的衣架上有身子肥大的蛾子流动着产卵。屋檐下的蛾子在装饰灯上发出轻轻的碰撞声。

虫子在白天里嘶嘶发声。

稍过不久驹子来了。

她就站在走廊上，从正对面注视着岛村。

"你做什么来的。你做什么要到这种地方来？"

"我来和你会面的。"

"你心里哪有这个意思。东京人好说谎，我不喜欢。"

她坐下来，声音变得柔和镇定地说："再也不愿意给你送行了。那心情是说不出来的。"

"啊，这一次我一声不响就回去。"

"不行。我是说不送你到车站了。"

"那个人怎么样了？"

"当然是死啦。"

"是在你给我送行的时候吗？"

"不过，我说的不是这个。我没有想到送行是那么讨厌的事。"

"哼。"

"你在二月十四日干什么来着？你又是说了谎。那一天我急不可待地等着你。从此可不拿你的话当真啦。"

二月十四日是驱逐害鸟的节日。雪国的孩子们每年照例举办仪式。从十天前，村中的孩子们穿着雪地用草鞋把雪踏平，切成二平方尺大小的板子，垒积起来，筑成雪堂。

雪堂是四方的，宽有七公尺多，高有一丈多。十四日的夜里，家家新年门前悬挂的稻草绳都被集拢来，在堂前燃烧起通红的篝火。这个村子的新年是在二月一日，所以有不少稻草绳。孩子们登上雪堂的屋顶，互相推挤乱作一团，唱着驱逐害鸟的歌。然后孩子们进入雪堂，点上供神佛的明灯，就在那里待到天亮。到十五日天亮的时候，又一次登上雪堂的屋顶，唱着驱逐害鸟的歌。

那时正好是雪最深的时刻，所以岛村约定来看驱逐鸟儿的节日。

"二月里我到娘家去了。没有出来卖艺。因为我以为你一定会来的，所以赶在十四日前回来了。应该多照料照料病人，慢一点回来就好了。"

"谁害了病？"

"师傅到港口去了一趟，害了肺炎。正好我在娘家的时候，给我打来了电报，我就去照料病人了。"

"病好了吗？"

"没有。"

"这是我不好。"岛村像是因为没有遵守诺言表示道歉又像是悼念师傅的死亡似的说。

"不，不。"驹子突然温和地摇摇头用手帕掸着桌子说。"好多虫子啊。"

从食桌到铺席上满满地落着羽毛虫。有几只小小的蛾子围着电灯飞舞。

纱窗外面,停着不知道有多少种类的蛾子,点点斑斑,在澄澈如洗的明月光下浮现出来。

"胃疼,胃疼。"驹子说着两手插住肋骨把脸伏在岛村的膝头上。

衣领的缝隙漏出擦着浓粉的脖子,比蚊子还细小的虫子成群地落在上面。有一些虫子眼看着就死掉了,留在那里不能动。

脖子颈比去年要粗壮,长了脂肪。岛村想:她已经二十一岁了。

他的膝盖上透过一片潮湿。

"账房间里的人哧哧笑着说,驹姐,你到'椿之间'去看看吧。我可真不高兴。我送了阿姐上火车,回到家里正想舒舒服服睡一觉,却说是这里在叫我来。我好吃力,真不想来。昨天晚上,酒喝多了,是给阿姐开送别会。账房的人只笑着不说什么人,原来是你呀。一年没见啦,你是一年来一次吗?"

"那馒头我也吃过了。"

"是吗?"驹子挺起了胸。忽然显出了像童年朋友似的面容,按在岛村膝头上的面部现出了红润。

她说她曾经到下下一站的街上给半老的艺妓送过行。

"真觉得无趣，从前不管什么事立刻可以取得一致的意见，可是渐渐大家都变成个人主义自管自地七零八落了。这儿的变化也真不小。性情不投机的人只见增多。菊勇阿姐一不在，我好寂寞呀。从前什么事都以她为中心，卖座属她第一，从来也不少过六百根线香钱[1]，家里也很宝贝她，可是……"

她说这个菊勇已经满了期限，要回到她诞生的镇上去，于是岛村就问，她是去结婚呢，还是继续做接待客人的买卖。

"阿姐也是个蛮可怜的人呢。从前嫁过人，因为失败了，才到这儿来的。"驹子吞吞吐吐地不说下去了，踌躇了一会儿之后，眺望着明月下梯田那边又说："在那边，在上坡路的半当中，不是有一家刚刚建成的房子吗？"

"叫菊村的小饭馆吗？"

"是的。本来就要进去住了，由于阿姐变了主意，全都落了空。这事很轰动了一阵。特意为她自己造起来的房子，到了刚好要搬进去的时候，却又丢开了。有了一个相好的，她打算和那个人结婚，可是受了骗。痴心梦想的人，总会

---

[1] 艺妓陪酒以点完一根线香为时间标准。

遇到这类事吧。那个相好避不见面了，如今既不能想破镜重圆再讨回那家店，而留在这地方上也叫人难过，只好到外地去重新谋生。想起来真叫人可怜。我们也不大了解，据说她有过好几个人了。"

"都是男人吧，五个有吗？"

"有吧。"驹子含笑说着，忽然把脸转过去。"阿姐是一个软弱的人，太懦弱啦。"

"这是没办法的事啊。"

"可是事情不是明摆着的吗？相好又算得了什么呢？"她依旧低着头用簪子搔着头，"今天送她走，心里好苦闷。"

"那么，那特意成立的店家又怎么样了呢？"

"那人的原配来接办了。"

"原配来接办倒很有趣。"

"因为开店的准备都已布置好，除了这么做以外，也想不出别的办法了。原配把孩子们都带来搬了进去。"

"他家里可怎么办呢？"

"听说家里留下一个老婆婆，是干庄稼活的，那个老公却高兴这么做。这个人可有趣。"

"这是个不务正业的人呢。年岁好大了吧。"

"还年轻啊，也不过三十二、三岁。"

"真的？那么小老婆比原配年岁还要大些呢。"

"同样年纪,都是二十七岁。"

"店名叫菊村,就是菊勇那个菊字啦。原配就肯那么干了吗?"

"因为已经打起来的招牌再改也不像话呀。"

岛村整了整衣领,驹子就站起来,走过去一面关窗一面说:"你的事,阿姐也知道得很清楚。今天她还跟我说,你来了。"

"她来告别,我在账房间里碰到她了。"

"说什么话了吗?"

"什么话也没说。"

"你了解我的心情吗?"驹子说着把刚刚关上的纸糊拉窗又"哗"的一声打开,她一甩身子就在窗口坐下了。

岛村暂时沉默了一会儿,然后说:"星星的亮光跟东京天上的不同,高高地悬在空中分外亮。"

"因为是月夜的关系,也不见得多么亮,今年的雪落得好厉害。"

"好像火车常常不能通行。"

"是的,说起来可怕。要比往年落后一个月才通汽车,五月间才通车的。滑冰场不是有个卖东西的店面吗,雪崩把二楼都穿通了,下边的人不知道有这回事,他们听见有奇怪的声音,以为厨房里老鼠在闹,跑去一看,什么都看不到，再上楼去，看见到处都是雪。防雨板什么的，都被刮倒了。这只是表层的雪崩，可是广播里就大叫着播送出去。滑冰客人怕得都不敢来了。今年我不打算再滑冰，去年年底就把滑雪板送给了人，可是也滑过两三次吧。你看我没什么变化吗？"

"你师傅死掉，是怎么回事？"

"别人的事你别管吧。二月里我就准时来到这里在等着你。"

"你既然回到港口去，写封信告诉我不就好了吗？"

"我不愿意。那么可怜巴巴的，我不愿意。你的太太看到也无所谓的信，我是不写的。我真惨。可我用不着为了顾虑去讲谎话。"驹子口若悬河地说。

岛村连连点头。

"你别老是坐在那么多虫子里面，把电灯关掉好啦。"

月亮十分明亮，连女人耳朵坑坑洼洼的地方都清晰地照出。亮光深深地射进来，铺席冰冷地显出蓝色。

驹子的嘴唇滑溜溜的像是美丽的水蛭子身上的轮箍。

"不行，让我回去吧。"

"又是老脾气。"岛村说着扭过脖子逼近来瞧着她那显得有点可笑的略长的圆脸。

"大家都这么说，我现在和十七岁到这儿来的时候一点都没有变。因为生活始终是一个样儿的。"

北国少女的红润面色依然浓重。艺妓风味的皮肤纹路在月光下显出如贝壳般的光泽。

"不过，你知道我换了住处吗？"

"是说你师傅死了之后吗？那个养蚕的房间不能再住下去，如今住在真正的艺妓宿舍吗？"

"什么真正的艺妓宿舍？是一家卖粗点心和香烟的店。我还只是一个人住。今后因为是真正的卖艺为生，夜间一迟，我就点上蜡烛读书。"岛村抱着肩笑出声来，她又说："电表要算度数的，胡乱用电怎么行。"

"是吗？"

"不过，我有时甚至想这就算是过卖艺生活了吗？可家里的人都把这看得很重要。小孩儿一哭起来，主妇就客气地把孩子背到外面去。真是没有什么不满意的，只是睡铺弄得歪歪扭扭，好不舒服。我回去迟了，就把睡铺给我铺好。垫被没有铺得整整齐齐，床单也是皱皱巴巴的。我一看见就怪难过的，可是自己又不好重新铺过，因为要感谢人家的好意呀。"

"你要是成了家可够辛苦的。"

"大家都这么说。可这是天生的禀性。家里有四个小孩子，可够乱七八糟的。我整天收拾来收拾去。明明知道收拾过后，反正还要弄得一塌糊涂，可怎么都过意不去，不能罢手。我老是想，在境况许可的范围以内，我总要过干干净净的生活。"

"是呀。"

"你了解我的心情吗？"

"了解的。"

"你既了解就说说看。喂，说说看。"驹子突然发出急不可待的声音粗声粗气地说，"你瞧，你不是说不出来嘛。光会撒谎。你是过着奢侈生活的人，什么都随便惯了。你不了解。"然后她声音镇定下来，说："我好伤心。我是个傻瓜。你明天还是回去吧。"

"你这么紧逼着问，我怎么能说得明白呢？"

"有什么不能说的。这一点你就是不行。"驹子说着好像无法可想闷住了气，她闭紧眼睛仿佛在想自己这样的人岛村能够理解吗，便现出了觉悟的姿势说："一年一次也行，你就来吧。当我留在这儿的期间，你一定一年来一次。"

她说年限是四年。

"我回到娘家去，做梦也没想到再出来做生意，连滑雪板都送给人家，可是我能戒掉的只是不再抽香烟。"

"对，对，从前你香烟抽得太多了。"

"是啊，宴会厅里客人给我的香烟，我就悄悄地放在袖兜里，到回家的时候已经有好多根了。"

"不过，四年可长哩。"

"立刻就过去了。"

"好暖热。"岛村把凑到身边的驹子抱起来。

"我生性是热的。"

"早晚要冷起来了。"

"我到这儿来已经有五年，起初很担心，这种地方能住下去吗？在通火车以前寂寞得很。从你来开始算起，也已经有三年了。"

在这不足三年之间，岛村来了三次，每次来他都觉得驹子的境况起了变化。

突然有好几只纺织娘叫起来。

"可不开心。"驹子说着离开他的膝头站起身子。

北风吹来，纱窗上的蛾子一起飞了。

看上去她那像是张开一道缝的黑眼睛却被浓重的睫毛紧锁着，这一点岛村早就晓得的，可是他仍然逼近来窥视着。

"戒了烟，我胖了起来。"

肚子上的脂肪变厚了。

因为许久没有见面，不在一起的时候难于捉摸的印象，经这么一看，立刻都又恢复了亲密的感觉。

驹子悄悄地把手掌捂着胸口说："一边大起来了。"

"傻瓜。这大概是人的脾性，老是认为一边大。"

"唉，真讨厌。你这人好胡说，我不喜欢。"驹子突然变了色。岛村想起原来是这么回事。

"今后你要说两面平均的……"

"平均的？你说是平均的吗？"驹子说着温柔地把脸凑上来。

房间是在二楼上，房子的四周，癞蛤蟆在叫。不是一只，像是有两只、三只在跳动。叫唤的声音拖得好长。

从浴室里回来，驹子又放下心来发出静静的声音开始谈起自己身上的事情。

她甚至讲出了，她到这儿来最初检查的时候，她本以为她和当雏妓时还是一样的，可一露出胸部，人家就耻笑她了，结果她哭起来。岛村问到她，她就说："我月期是很准的。每个月准定是提前两天。"

"可是，并不妨碍你出去陪酒吧。"

"是的，这种事你也懂吗？"

由于每天到以温暖出名的温泉去洗澡，又在旧温泉和新温泉之间步行七八里路去赴宴陪酒，再则山地生活又很少熬夜，所以她的身体结实很健康，不过照一般艺妓的样子，都把腰缩得细细的。横里窄小，前后就厚起来。可是，却能从老远的地方把岛村吸引了来，这个女人是有很多使人可怜的地方。

"像我这样的人不会生孩子了吗？"驹子很严肃认真地询问。她话里的意思是在表示，既然和一个人发生了关系，不也就像夫妇一样吗。

岛村这才发觉驹子原来有这么一个男人，据说从她十七岁起一直维持了五年。这是岛村从老早以前就怀疑到的。凭这一点也可以了解驹子的无知和缺乏警惕心。

驹子当雏妓时，跟一个给她赎了身的人死别以后，她又回到港口去，就发生了这件事，大概正因为这个关系，驹子从始至终都讨厌这个人，至今也和好不起来。

"能够继续了五年，那算是很不错了。"

"分手的机会也有过两次，一次是到这儿来当艺妓的时候，一次是从师傅家出来住进现在的家的时候，不过，总是意志薄弱啦，真正是意志薄弱呢。"

据说那个人现时住在港口。所以留在那个镇上很不方便，师傅要到这个村子里来，就托他带了来的。她说那人虽然很亲切，但遗憾的是，她乐于委身于他的事一次也没有过。她说年龄相差悬殊，他也只偶尔来一趟。

"怎样才能断绝关系呢？我常常想做出一些不规矩的行

为。我真的这么想。"

"不规矩的行为可不好啊。"

"我做不出不规矩的行为。这也是生性的缘故。我洁身自好。想干的话,四年的限期,两年也干得完,可是为了保重身体,就不勉强去做。如果硬着干,线香钱就要多多啦。因为是定了年限的,只要不叫主人受损失就算了。每月平均押金要多少,利息多少,税钱多少,再加上伙食开销,都是算得出来的。超过这个数目,我就不肯勉强去做了。遇到叫人厌烦的宴会,我要不高兴,就干脆回家去,不是旧相识指名叫的话,旅馆里也不会在深夜里来叫我的。自己要奢侈的话,是没有止境的,可我却随随便便赚些钱就那么过去了。押金已经归还了一半以上,还不满一年呢。不过,零用钱等等的,每月总要用三十块钱。"

她说每月能赚一百元就行了。上个月赚得最少的人,也有三百根线香钱六十元。驹子的陪酒次数最多是九十几次,她说,一次陪酒自己可以捞进一根线香钱,虽说对主人是个损失,可她总是一处接一处地赶着去陪酒。她说,在这个温泉场里,增加了借款延长了期限的,一个也没有。

第二天早晨,驹子仍旧起得很早。

"我梦见到插花的师傅家去打扫房间,就醒来了。"

搬到窗口边上去的镜台,里面映现出红叶的山岳。镜面中秋天的阳光是亮堂堂的。

卖粗点心的店里，一个女孩子给驹子送来替换衣服。

"驹姐。"这不是隔着纸糊拉门在呼唤的、叶子那令人感到悲哀的清澈的声音。

"那位姑娘现在怎么样了？"

驹子眼睛一闪看了岛村一眼。

"她光是到坟上去扫墓。你瞧，在滑冰场的下边，不是有荞麦田吗，开着白花的。那左边，你不是看见有坟墓吗？"

驹子回去以后，岛村到村子里去散步。

在白色墙壁的屋檐下，有个女孩子穿着崭新的紫红色法兰绒的劳动裙裤在玩橡皮球，真是一片秋天景象。

许多古老式样的家屋，还使人想到公卿贵族走在街上时的情景。屋檐很宽，二楼细长的纸格子窗高仅一尺。屋檐前悬挂萱草的帘子。

土坡上有栽种着细丝狗尾草的篱笆墙。狗尾草上开满了桑葚颜色的花朵。细长的叶子在每一株上都美丽地展开了喷水似的形状。

在路边上朝阳的方向，铺着稻草垫子，有人在打着小豆，那就是叶子。

从干枯的豆茎上，小豆一粒一粒地发着光跳出来。

大概叶子头上罩着布巾没有看见岛村，她穿着裙裤，展开膝盖，打着小豆，发出使人悲哀的像回声似的澄澈的声音歌唱着。

> 蝴蝶蜻蜓蟋蟀
> 在山上歌唱
> 金钟儿金琵琶纺织娘

有过这么一个歌儿：远离杉树，晚风下好大的乌鸦。从窗口下望，在杉树林的前面，今天也有成群的蜻蜓飘动着。将近傍晚的时候，它们的浮游像是匆忙中增加了速度。

岛村在动身离开之前，在车站贩卖部找了一本介绍这一带山地的新出版的书刊，就买了来。他漫无边际地随便翻阅，书上写着，从这个房间可以眺望的国境群山，在一座山顶的近边，穿过美丽池沼的曲折小路上，盛开着这一带湿地的各种高山植物的花卉，到了夏天红色的蜻蜓随意飞舞，时而停在帽子上，时而停在人的手上，有时甚至停在眼镜的框子上，那种悠悠然的样儿，和城市里遭受虐待的蜻蜓，真有云泥之差。

但是飘在眼前的成群的蜻蜓，看上去像是被什么追逐着似的。在尚未天黑以前，杉树林已成黑黝黝的一片，蜻蜓好像不愿意从这片黑色中消除掉它们的形影，正在匆忙飞舞着。

夕阳照耀着远山，山峰上现出红叶，可以清清楚楚地望见。

"所谓人真是脆弱的东西，从头部到骨髓，完全破碎得不成样儿。要是熊之类的，从更高的山岩上掉下来，它的身子一点也不会受伤。"岛村想起了今天早晨驹子讲过这样的话。那时她用手指着那座山，说在岩石场上又有人遭了难。

如果像熊那样浑身生着又硬又厚的皮毛，那么人的官能就一定会相差很多了。人是相互爱好他们光滑的薄皮肤。岛村这么想着眺望夕阳的山岳，伤感地觉得人的肌肤可亲了。

"蝴蝶蜻蜓蟋蟀……"那支歌，在提前用餐的晚饭时光，有一个艺妓弹着拙劣的三弦琴又在歌唱了。

在介绍游览山地的书中，只简单地写着攀登的山路、日程、住宿和费用等等，这反而使人的空想得以自由了，岛村起初认识驹子的时候，也正是走过在残雪地面上萌出新绿的山岳，下降到这个温泉村来的，他这么眺望着留下自己足迹的群山，感到如今正是秋天登山的季节，他的心就被山岳吸引了去。在他这个吃了饭没事做的人看来，费力地到山上去走,恰似徒劳的样本,可也正因为如此,登山赋有非现实的吸引力。

在远远别离的时刻,虽然他不断地想到驹子,而接近一看,也许是因为已经安下心来的缘故,也许是因为过多地亲近了她的肉体,那种对人们肌肤的思慕,那种为山地诱惑的念头,都同样感觉到如梦境一般。这或许也是因为驹子昨天晚上刚刚留宿过。但是当他独自静静地坐下来,明明知道即使不去呼唤驹子也会来的,却无法排遣焦急等待的心情,这时有些徒步旅行的女学生,发出年轻人吵吵闹闹的声音,听着听着他就瞌睡起来,很早睡下去了。

不久似乎下了一场阵头雨。

第二天早晨一睁开眼,他看见驹子端端正正地坐在桌前读书。她上身穿的罩衫也是绵绸的家常便服。

"你醒了吗?"她朝他这方面看着安静地说。

"是怎么回事呀?"

"你醒了吗?"

岛村疑心在他不知不觉之间,她曾经留宿在这里,他向铺垫上四处瞧了瞧,在枕头下面拿起了表,一看这时才六点半。

"你起得很早啊。"

"可是女佣人已经把火拿进屋里来了。"

铁壶里冒着腾腾的热气。

"你起来吧。"驹子起身走过来,坐在他枕头旁边。她的举止非常像一个家庭妇女。岛村伸了一个懒腰,然后在她的膝盖上抓起她的手,玩弄着小指上生出的老茧。

"我好困。还不是刚刚天亮吗?"

"一个人睡得香吗?"

"啊。"

"你到底还是没有把胡髭留起来。"

"对,对,上次临别的时候,你说过,要我把胡髭留起来。"

"反正你忘了也没关系,不谈啦。你老是把脸刮得干干净净地发青呢。"

"你不也是脸上一抹掉粉就像刚刚用剃刀刮过的吗?"

"也许是因为脸蛋儿胖起来了,脸色白白的睡在那儿,没有胡髭觉得怪不舒服的,滚滚圆。"

"只要柔和不很好吗。"

"靠不住。"

"原来你瞪着眼睛一直这么望着我吗?可不开心。"

"是呀。"驹子微笑着点点头,像猛然点着了火似的笑出声来,甚至不知不觉地加把劲儿紧握着他的手指。她又说:"我藏在壁橱里啦,女佣人一点都没注意到。"

"什么时候？从什么时候你藏起来的？"

"不就是刚才吗？在女佣人拿火进来的时候。"

她想着刚才的事不住地笑，可是忽然脸上连耳根都红起来，为了掩饰，她拿起盖被的一头扇动着。

"起来吧，你起来呀。"

"好冷！"岛村说着又抱紧了被窝，"旅馆里人们都起来了吗？"

"不知道。我是从后面上来的。"

"从后面？"

"从杉树林那儿扒着路登上来的。"

"那儿有条路吗？"

"没有路，可是走上来近便。"

岛村吃了一惊眼看着驹子。

"谁也不晓得我来。厨房里已经有了声音，可是大门还关着。"

"你还是老早起床啦。"

"昨晚一夜不能睡。"

"你知道下过一场阵头雨吗？"

"是吗？那儿的山白竹都浇湿了，原来是这么回事。我回去了。你再睡一会儿吧，再见。"

"我就起来。"岛村依旧握着她的手一挺身离开床铺。

然后走到窗口朝她攀登上来的地方望下去，各种繁茂的灌木在下方密密丛丛地展开了。在与杉树林相接的丘地的半当中，紧靠着窗口下的田地里，有萝卜、山芋、葱、芋头等普通的菜蔬，阳光照射在上面，它们各自不同的颜色，仿佛是仞次分辨出来似的。

往浴室去的走廊上，旅馆掌柜正投饵给泉水中的红色鲤鱼。

"好像冷起来了，鱼不大想吃了。"掌柜对岛村说，他长久地观望着干蚕蛹的碎饵漂浮在水上。

驹子身上干干净净的，坐在那里，她向洗过澡的岛村说："在这么安静的地方，要是做衣服多好。"

房间刚刚扫过，秋天的朝日深远地照射在稍许陈旧的铺席上。

"你会做衣服吗？"

"对不起。我在弟弟妹妹当中是最受苦的。回想起来，在我长大的时候，似乎是我家最苦的时候。"她像是一个人自言自语着，可是忽然提高了嗓门："刚才女佣人露出了怪脸色问我，驹姐，你什么时候来的呀。我又不能三番两次地藏到壁橱里去，真伤脑筋。我回去啦。今天好忙。因为睡不着觉，我本来想洗洗头的。早晨不洗好，等干了再去找理发师，白天的宴会就赶不上了。在这儿也有宴会，不过是昨天晚上才通知我的。我已经答应了去别处，所以不能来啦。正好是星期六，忙得很呐。我不能来玩了。"

驹子虽然这么说着，可也不想站起来走。

她不去洗头了，领着岛村到后院子里去。大概是她刚才从那儿偷偷进来的，在走廊下边摆着浸湿的木屐和布袜子。

她攀登过来的山白竹那里，也不像是有路可通，就沿着田边朝水声的方向往下走，河岸边形成重重的山岩，从栗树上可以听到孩子们的声音。在脚下的草中，有好多落下来的球果。驹子用木屐踏破，剥出栗子来。全都是颗粒很小的栗子。

在对岸陡峭的山腰上，萱草的穗子全面开花，摇动着一片炫人眼目的银色。说是炫人眼目的色彩，那也像是在秋天空中飘舞着的透明的幻境。

"到那边去看看好吗？可以望见你未婚夫的坟墓。"

驹子飞快地挺直了身子，严肃地瞪着岛村，把她手中握着的一把栗子"唰"的一声投向他的脸上，"你瞧不起我是吗！"

岛村都来不及闪开，额头上就有了响声，觉得很疼。

"你存着什么心思要去参观坟墓呢？"

"可有什么要你这样生气呢？"

"那件事对我是件严肃的事情，我可不像你，生活奢华惯了。"

"谁说我是奢华惯了的人呢？"他有气无力地叽咕着。

"那么你为什么要说我订过婚呢？从前不是跟你讲过没有订婚这回事吗？你忘记啦。"

岛村倒是没有忘记的。

"师傅有过一个时候或许这么想过，如果他儿子和我能搞在一道也好，不过只是心里想，一次也没有说出口来。他儿子和我也稍微知道师傅心里有这种想头。可是我们两个人没有什么特别关系。一直各自分别过活。只是我被卖到东京去的时候，他一个人给我送行。"

驹子想起了她曾经讲过这样的话。

那个人在病危的时候，她却留宿在岛村那里，那时她像豁出去了似的说过："我高兴怎样就怎样，快要死掉的人怎能管得了我呢？"

况且，当驹子正好到车站给岛村送行的时候，病人的情况危险了，尽管叶子来接她，驹子也断然不肯回去，所以在临终时刻她似乎也没有跟他见面，由于这些事情，在岛村心里越发记住了行男这个人。

驹子一向避免谈到行男。即使说不曾有过订婚的事，而为了给他赚到养病的费用，她才到这里当了艺妓，那么，这在她一定是"严肃认真的事情"。

虽然被栗子打到,他却没露出生气的样子,驹子像是纳闷了一会儿,突然身子一瘫抱住了他。

"你是个老实人,心里有什么难过吧。"

"树上孩子们在看着哩。"

"我不懂。东京人是复杂的,总是怕这怕那,心神不专一。"

"不管什么都不能专心。"

"不久你连性命都要守不住。好,我们去看看坟墓吧。"

"也好。"

"所以你看,你不是丝毫也没有去看坟墓的心思吗?"

"只是因为你不肯。"

"我因为一次也没有去过,所以不肯去。真的,我一次也没去过。现在因为师傅也埋在那儿,我觉得很对不起师傅,可是到如今更不好去了。这种事叫人不开心。"

"你倒是更复杂得多哩。"

"怎么呢?一个生活的伙伴活着的时候弄得不清不白的,哪怕他已经死掉,也要表白清楚啊。"

穿过了在寂静中像是滴着冰冷水珠的杉树林,沿着滑冰场下方的铁路走去,马上就到了墓地。在田畦稍高的一个角落上,约有十来个石碑,仅仅竖立着地藏菩萨。这儿是一片赤裸裸的地面，很贫瘠的样子，没有花。

但是从地藏菩萨后面矮矮的树荫下，忽然浮现出叶子的胸部。她马上露出像假面具似的一向严肃的面孔，用锋芒刺人的眼光射向这边来。岛村赶忙向她施了个礼，就站着不动。

"叶姐，你好早啊。我是去找理发师的……"驹子话还未了。仿佛突然有一阵黑风吹过去一般，她和岛村都紧缩着身子。

货物列车发着轰响从近边穿行过去。

"姐姐！"在轰轰响的声中传出了这样的呼唤声。一个少年从黑色货车的门口挥动着帽子。

"佐一郎！佐一郎！"叶子招呼着。

那呼声正是在雪地的信号房呼唤站长的声音。声音那么美，使人感到悲哀，宛如在呼唤听也听不见的远方船上的人。

货物列车一穿行过去，好像取掉了眼罩，路轨对面的荞麦花，色彩鲜明地现出来。在红色的茎上盛开着的花，真是肃穆无声。

由于事出意外遇见了叶子，两个人甚至没有觉得火车驶来，就这样什么心思都像被这一列货车吹散了。

而且在事后，叶子的声音比车轮的响声留下了更多的余韵。仿佛纯洁爱情的回声又折回来。

叶子目送着火车说:"我弟弟乘在这车上,我要到站上去看看。"

"可是火车不会在站上等着你的。"驹子笑着说。

"是呀。"

"我不是来给行男扫墓的。"

叶子点点头,略微踌躇了一下,便蹲下身来在墓前合掌参拜。

驹子还照样挺立着。

岛村把眼睛闪开,看了地藏菩萨。菩萨三面都有长长的面孔,胸上有合着掌的手臂,左右还各有两只手。

"我梳头去。"驹子对叶子说着就踏上田畦小径朝村子的方向走去。

从这一树干到那一树干,拴上竹子和木棍,搭成晒东西的竿子,有好几层,挂上稻子晒干,看上去像是高高的稻谷的屏风,当地的话叫做"晒屏"。在岛村他们走过的路边上,有些农民正在制作"晒屏"。

姑娘们轻轻地扭着穿裙裤的腰,把稻束往上方投,登在高处的男人巧妙地接住,捋一捋,把稻束分开挂在竿子上。由于已经熟练,动作自然,一来一去都很便当。

驹子用手掌托着垂挂在"晒屏"上的稻穗,像在估量贵重物品的分量，摇晃着托上来。她说："结得鼓鼓的，这稻子摸上去都叫人舒服，去年的可不能比呀。"她的眼睛合成了缝，像是在享乐着稻子的感触。上空里有成群的麻雀在乱飞，飞得很低。

"插秧工人工资协定：每日工资九角带伙食。女工按上列六成计算。"有一张陈旧的招贴纸还遗留在路边的墙壁上。

在叶子的住房前也有这种"晒屏"。她的房子建在离公路稍许凹进去的田地里边，在院子的左首沿着邻家的白墙，一排柿子树上搭成高高的"晒屏"。在田地和院子的边界，也就是和柿子树的"晒屏"成为直角形的地方，还有"晒屏"，一边上做成掩蔽在稻子下的出入口，像是稻谷代替席子搭成的小屋。田间，大丽花和蔷薇已经枯谢，芋头在面前展开了旺盛的叶子。养着红鲤鱼的荷花池是在"晒屏"的对面，看不见。

驹子去年住过的那间养蚕室的窗口也被遮隐了。

叶子好像生气的样子，行了礼就从稻穗下的出入口回家去了。

"她一个人住在这房子里吗？"岛村目送着她略往前屈的后影说。

"也不见得吧。"驹子顶撞地回答，"真扫兴，我不去理发了。都是因为你多话，妨碍了那个人的扫墓。"

"你不愿意在墓地碰到她，这都是因为你在闹别扭。"

"你不了解我的心情。等一会儿有工夫，再去洗头发吧。也许要到很晚了，可是我一定来看你。"

到了夜半三点钟的时候。

好像要把纸糊拉门推倒了似的声音，使岛村醒了来，驹子挺直着身子突然倒在他胸上。

"我说来我就准定来的。你瞧，我说来我就来了吧。"她喘着大气连肚子都在伏动。

"你醉得好厉害呀。"

"你瞧，我说来我就来了吧。"

"是的，你来了。"

"到这儿来的路，看不见，看不见。呼呼，好苦啊！"

"可是你还能爬过好多坡哩。"

"不睬你，我不睬你。"驹子说。因为她使劲倒仰着滚来滚去，岛村感到重压的痛苦。他想起身，可因为他是突然被她叫起来的，所以脚步站不稳，又倒下去了。他的头枕在她身上，好烫人，使他吃了一惊。

"像火一样的烫人，你真胡闹！"

"是吗？枕着火枕头，会烫伤的呀！"

"实在是的。"岛村闭上眼睛，那热力渗进头部，他直接地感到活力。随着驹子剧烈地呼吸，传来了现实的意味。那仿佛是一种近似依恋不舍的悔恨，在安详地等待着什么复仇似的心境。

"我说来我就来了。"驹子一心一意地反复着这句话，"到这来过之后，我就回去，去洗头发。"

她说着爬起来，咕嘟咕嘟地喝了水。

"这个样子，你怎能回去。"

"回去。有同伴陪我。洗澡用的东西摆在哪儿了？"

岛村起身开了电灯，驹子用两手遮住脸，伏在铺席上。

"不好。"

她穿着短袖的华丽绵绸夹袄，用狭窄的腰带系着带黑领的睡衣。因此看不见衬衣的领子，她光着脚，连脚边上都现出了醉态，她躲躲闪闪缩着身子，令人觉得特别可爱。

她似乎抛掉了洗澡的用品，肥皂和梳子乱撒在各处。

"你帮我剪掉吧，我带剪子来了。"

"剪什么呀？"

"就是这个。"驹子说着向头发后面把手一插。"在家里想把系发的绳剪掉，可是手不听使唤。我想，到这儿来要你给我剪掉。"

岛村拨开她的头发剪了系发的绳。每剪一个地方，驹子就把头发摇动下来，然后她略微沉静地问："现在几点钟啦?"

"已经三点了。"

"唉呀,你怎么搞的?把真头发剪掉可不行啊。"

"好多头发你都扎牢了。"

他抓起来的假发,根上还是热乎乎的。

"已经三点钟了吗?从筵席上回来,我就倒下去睡着了。因为同朋友有约会,她们会来叫我的。她们还不知道我到哪儿去了。"

"她们等着你吗?"

"三个人在公共浴场洗澡。一共有六场宴会,我只跑了四场。下个星期就是红叶的日子,忙得很呢。真是谢谢你啦。"她说着梳了梳散开的头发,把脸抬起来,又炫人眼目地含笑说:"不晓得,呼呼呼,真可笑。"

然后她茫然捡起了假发。

"朋友要责怪的,我去了。回来的时候,我不能再到你这儿来了。"

"你看得见路吗?"

"看得见。"

可是她踩到衣服下摆脚步踉跄。

岛村想到她早上七点和夜半三点一天两趟都在异乎寻常的时间里抽空来到这里,就感到这可是非同小可的事了。

旅馆掌柜和一些人，像新年插松枝那样，在门前装饰了红叶。这是在欢迎参观枫叶的客人。

这里有一个临时雇佣的掌柜，在用傲慢的口吻发号施令，正如他自己嘲笑地说他是一只候鸟。有些人从生出新绿到红叶之间，在这一带的山地温泉工作，冬天到热海和长冈等地的伊豆温泉场去谋生，他就是这种人之一。每一年不限定在同一家旅馆里工作。他卖弄在伊豆繁华的温泉场里的经验，背地里尽说这一带地方接待客人的坏话。他搓着两手絮絮叨叨的招揽客人，那副样儿露出了毫无诚意的乞丐相。

"老爷，您知道通草果吗？您要想吃的话，我可以给您摘来。"他向散步回来的岛村说，他把还连着蔓藤的果实拴在红叶的树枝上。

红叶似乎是从山上砍伐来的，高得可以抵住房檐，大门口是一片如火烧似的鲜明的红色，一片一片的叶子都大得惊人。

岛村握着通草的冰冷的果实看着，偶然向账房间一瞧，看见叶子正坐在炉边。

女掌柜正在守着铜壶里烫的酒。叶子面对着她，每听见她说什么，就连连点头。叶子没穿裙裤和罩褂，身上是一件刚刚浆洗过的绵绸衣服。

"她是来帮忙的吗?"岛村若无其事地顺口问着那个掌柜。

"是呀,多亏了她,因为人手不够用呢。"

"跟你也是一样的情形啦。"

"是呢。不过因为是这村子里的姑娘,脾气可够古怪的。"

叶子像是在厨房里劳动的,直到如今她不到客人宴会上去陪酒。在旅客拥挤的时候,烧饭地方的女佣人,声音也会大起来的,可是从没有听见过叶子的美丽的声音。据照料岛村房间的女佣人说,叶子临睡前,喜欢在洗澡桶里唱歌。可是他一次也没有听见过。

然而一想到叶子也在这座旅馆里,岛村不知道为什么会感到要去招呼驹子就有顾虑。尽管驹子一心爱着他,他却认为这种爱情是美好的徒劳,他一面感到空虚,一面却也觉得他仿佛接触到驹子的求生的生命,像接触到她赤裸裸的肌肤一样。他一面怜悯驹子,一面也怜悯自己。像这样的情绪,他觉得叶子近似明察秋毫的眼睛,一眼就可以望穿,所以这个女人就引起了岛村的注意。

即使岛村不去招呼,驹子也是一再地来。

他到小河后面去看红叶,曾经从驹子住房前通过,那时她一听到车子声音，认为来的必然是岛村，便跳到外面来，可是他都不回过头来看一看，驹子甚至埋怨说他是个无情无义的人。然而只要有人招呼她到旅馆来，她没有一次不到岛村房间里来的，每次去洗澡她也到这里待一下。一有宴会，她总是提前一小时来到，在他的房间里玩耍，要等到女佣人来招呼她才去。她常常从筵席上抽身出来，对着镜台修整面容。"现在还要去干活儿，因为要赚钱嘛。做生意，做生意呀。"她说着站起身走了。

她老是把琴拨子的匣子或是罩裓，还有其他她带来的东西，留在他的房间里就回去。

"昨天晚上回到家，没有开水，我在厨房里胡乱找出了早晨剩下的酱汤泡饭，拿腌梅子当菜吃了。好凉啊！今天早晨没人叫我。一睁开眼已经十点半，本来想七点钟起床就来的，可是没办到。"

她诉说了这样的话，又谈了她从哪个旅馆到哪个旅馆去，以及在宴会上的各种情形。

"我再来吧，"她饮了水站起身来说，"也许不能再来了。因为只有三个人要应付三十个人，忙得抽不出身来。"

但是没有多久她又来了。

"我真吃不消。三十个客人只有三个人，又是最老的和最年轻的孩子，我真吃不消。好啬啬的客人，一定是什么旅行团体之类。三十人的话，至少也必须六个人。我去灌酒吓唬他们一下再来。"

每天都是这样的情形又将怎样了结呢？就连驹子也都一心一意地想隐瞒着，可是这就显出孤独的样子，反而更增加了她那娇媚的情趣。

"走廊老是响，怪不好意思的。悄悄地走了来，人家也晓得。从厨房旁边走过来，人们就笑着说，驹姐又到'椿之间'去啦。我真没想到会这样受拘束。"

"小地方嘛，是叫人麻烦的。"

"现在大家都知道啦。"

"那样可不好。"

"是呀。只要有些坏名声，在这个小地方上就算完了。"她说着立刻扬起脸来，又微笑着说："不，不，没什么关系。我们到哪里都可以一样有工作。"

她的声调里带有天真的真实情感，这使那吃家庭遗产游手好闲的岛村感到非常的意外。

"这是真话。到哪里去谋生都是一样的。用不着这么不开心。"

这虽是她无意中说出口的话，岛村却听出了一个女人的心声。

"随它去吧。真正能爱慕人的，也只有女人一方面呢。"

驹子说着脸红起来，低下了头。

因为领子是敞开的，从背到肩像是展开了一幅白色扇面。涂着浓厚白粉的肉，有点可悲地隆起来，看上去像是毛织品又像是什么动物。

"在当前的世上啊！"岛村叽咕着说，他的话显得空空洞洞，是冰冷的。

可是驹子单纯地说："什么时候都是这样的。"然后她扬起了脸又茫然地加上说："这个你不知道吗？"

背上贴身的红色衬衣消失在房外。

岛村正在翻译瓦莱利和阿兰[1]以及在俄国舞蹈盛行时法国文人们论舞蹈的作品。他打算自己拿钱出版少量的精装本。他知道这些书对今天的日本舞蹈是不会起什么作用的，可是这反而使他安心了。用自己的工作来嘲笑自己，也会是津津有味的快乐。从这种地方或许会生出他那可怜的梦幻的世界。及至他出外旅行，也就更没有必要匆匆忙忙的了。

他仔细地观察了昆虫在闷死时的情景。

秋天逐渐冷下来，他的房间的铺席上每天都有死掉的虫子。翅膀坚硬的虫子一翻身，就再也不能起来。蜜蜂走

---

1 以上两人都是法国现代作家。

几步就打滚,再走几步就倒下了。随着季节的变迁,它们自然地死去,虽然是安静的死亡,而临近一看,脚和触角在颤动着闷死了。他那八铺席子的房间,作为这些虫子的死亡的小葬场,看来是太宽阔了。

岛村用手指捡起来想丢掉这些残骸,忽然想起了他留在家里的孩子们。

有些蛾子像是永远停留在窗户的纱窗上,却是死了的,也有些蛾子如枯叶一般被吹散了。也有从墙上掉下来的。用手拾起一看,岛村寻思怎么会变得这么美了呢。

那面挡虫子的纱窗被取下来,虫声显著地寂静了。

国境的群山上一片一片锈斑的红色加深了,映着夕阳,有些像是冷冷的矿石,发出微弱的光泽,旅馆里正拥来了红叶的客人。

"今天晚上大概我不能来了。本地人有宴会。"驹子说,那天晚上驹子离开了岛村的房间之后,不久大厅里便响起鼓声,传来了女人尖锐的嗓音,在这种闹嘈嘈的响声之中,出乎意料从近边响起了清澈嘹亮的话声。

"对不起。对不起呀。"叶子打招呼说,"这是驹姐叫我送来的。"

叶子站立着像信差的样子伸出手来,又赶忙屈膝施礼。岛村把折叠的便笺展开看,叶子已经走开了。连说一句话的工夫也没有。

"现在喝着酒可闹得欢畅呢。"在抄写歌曲的纸上用歪歪倒倒的笔迹只写了这句话。

但是不出十分钟,驹子发出颠三倒四的脚步声走进来。

"刚才那个姑娘送来什么吗?"

"送来啦。"

"是吗?"她很高兴地眯缝着一只眼睛说,"呼,真开心,我说着'我去取酒',一抽身就出来了。让掌柜的看见挨了骂。酒真不错,挨了骂,我也顾不得脚步的声音。啊,可不好,一来到这儿,就突然醉起来了。我还要去做事呢。"

"连指头尖都红起来了。"

"这是做生意呀。那个姑娘说了什么话?她可吃醋得厉害,你知道吗?"

"谁呀?"

"给她害死啦。"

"那位姑娘也在帮忙干活儿吗?"

"她端着酒瓶来就站在走廊的暗处一直在看着。她的眼睛闪闪发光,你喜欢那样的眼睛吧。"

"我看着觉得怪可怜的样子。"

"所以我才写了这个叫她送来给你。我想喝水,给我水喝呀。哪一个更可怜呢？女人你没有弄到手，你就无法了解的。我喝醉了吗？"她说着像要倒下来似的抓住镜台的两边，向镜子里望了望，把衣服下摆弄弄整齐就走出去了。

不久，宴会似乎收场了，突然寂静无声，远处可以听见陶瓷器的声音。他正在想，驹子又被客人带到另外的旅馆赴第二次宴会去了吧，这时叶子又送来了驹子的纸条。

"不去山风馆了，我从'梅之间'回来时再来看你，祝你晚安。"

岛村带些羞愧苦笑了一下，说："谢谢你。你是来帮忙的吗？"

"是的。"叶子说着，趁她低下头来的工夫，一闪她那刺人的美丽的眼睛，射向了岛村。岛村不知不觉感到狼狈了。

在这以前他碰见了她好几次，而每次总是给他留下了动人的印象。如今这个姑娘这样坦然地屈膝坐在他的面前，使他很奇怪地不安起来。她那过于严肃的态度，像是永远处于非常事件之中的样子。

"你好像很忙啊。"

"是的。不过，我什么也做不好。"

"我和你碰见过好多次啦。第一次是在你回来的火车上，你在照料那个人，你向站长关照你弟弟的事，你还记得吗?"

"是的。"

"人家说你睡觉前喜欢在浴桶里唱歌,是吗?"

"噢呀,您太不讲礼貌啦,可受不了。"她的声音是惊人的美。

"你的事,我觉得不管什么我都知道。"

"是吗?从驹姐嘴里听来的吧?"

"她不大讲的。她甚至不愿意讲你的事。"

"是吗?"叶子说着悄悄地把脸转过去,"驹姐,人很好,可是怪可怜的,您可要好好地对待她呀。"

她话说得很快,在声音的末尾,微微有些颤动。

"可是我什么也无能为力。"

这时叶子仿佛连身体都在颤抖着。她的脸色像是就要泛起危险的闪光,岛村避开眼睛笑着说:"或者快点回东京去倒也好,不过……"

"我也要去东京。"

"什么时候?"

"什么时候都行。"

"那么,我回去的时候带你同去好吧?"

"好的,带我同去吧。"她若无其事用很庄重的声音说。岛村吃了一惊。

"只要你家里的人同意就行。"

"说到我家里的人,只有一个在铁路上出工的弟弟,只要我决定就行了。"

"你到东京去有什么目的吗?"

"没有。"

"你跟她商量过吗?"

"你说的是驹姐吗?驹姐在怨恨,我没有说。"

她这么说着,大概因为心情宽松下来,便用湿润润的眼睛,抬头看了他,岛村对叶子感到奇怪的魅力。可是不知道为什么缘故,他对驹子的爱情,却像是火热地燃烧起来了。他甚至想:这样跟一个身世莫名的姑娘像私奔一样地回去,仿佛是对驹子激烈谢罪的一种方法,又像是接受一种刑罚。

"你这样跟着一个男人去,不害怕吗?"

"怕什么呢?"

"你目前连在东京落脚的地方或是干什么事都还没有决定,这不是很危险吗?"

"一个单身女人什么事都可以做。"叶子说。她说话的语尾美丽地向上扬。然后就注视着岛村又说:"不可以拿我当女佣人吗?"

"什么,去当女佣人?"

"我是不愿意去当女佣人的。"

"从前你在东京的时候做什么来着?"

"当看护。"

"进过医院或学校吗?"

"没有。只是心里那么想。"

岛村又回想起叶子在火车上护理师傅的儿子时的形态,那时她一本正经的态度,不正是表现出叶子的志望吗?他微笑着说:"那么,这一次你也要学习看护啦。"

"再也不想做看护了。"

"这样没有耐性可不行啊。"

"说什么耐性,我不爱听。"叶子像反驳似的笑了起来。

她的笑声那么高扬清澈,显出了悲哀的声调,可并不使人感到傻里傻气,然而这种声调冲击着岛村的心胸,渐渐消失了。

"你觉得有什么可笑呢?"

"我仅仅看护过一个病人哪。"

"啊?"

"再也不能做了。"

"原来如此。"岛村又吃了一闷棍就静静地说,"听说你每天总是到荞麦田下边去扫墓。"

"是的。"

"你可是想一生之中再也不护理另外的病人，再也不给另外的人扫墓了吗？"

"再也不会了。"

"这么说，你却能离开这坟墓到东京去吗？"

"唉，对不起，带我一同去吧。"

"驹子说过，你吃醋吃得好厉害。那个人不是和驹子订过婚的吗？"

"你说行男吗？瞎话，瞎话。"

"你说驹子在怨恨，那又是什么道理呢？"

"驹姐？"叶子就像在招呼眼前的人似的说，她的眼睛闪闪发光在瞪着岛村，"你要好好地对待驹姐呀。"

"我什么也无能为力。"

叶子眼睑里充满了泪，她抓起落在铺席上的小蛾子，哽哽咽咽地说："驹姐说我要发疯啦。"忽然间她从房间里走出去了。

岛村感到浑身发冷。

他想把叶子弄死的蛾子丢掉，就打开了窗，看见喝醉了酒的驹子正在躬着腰紧追一个客人划拳。天空是阴沉沉的。岛村走向浴室去。

叶子带着旅馆里的孩子走进隔壁的女浴室去。

她给孩子脱衣服,给他洗身,非常亲切地谈着话,正如一个天真的小母亲甜蜜的声音那么令人喜悦。

然后她用那声音在歌唱了。

....
....

到后面去一瞧

梨树有三棵

杉树有三棵

总共是六棵

乌鸦闹嘈嘈

在下面搭窝

麻雀唧唧叫

在上面搭窝

森林中的蟋蟀

在唱什么歌

阿杉给朋友扫墓

扫墓的一个一个又一个

这就是刚才见过的叶子用幼小者敏捷的口音唱着手球歌,那种活泼高昂的调子,使岛村想他是不是在做梦呢。

叶子一直不停地对孩子说这说那，等到她洗过澡后，她的声音还像笛音似的依然留在那里，秋夜已深，静悄悄的，岛村注意到在发着乌光的门廊铺板上摆着三弦琴的桐木匣子，他不知怎的被吸引住，他看了看物主的艺妓名字，这时从响着洗刷碗碟声音的那面，驹子走来了。

"你在看什么？"

"这是住在这儿的人吗？"

"谁呀？啊，是这个吗？你这人真是呆子，这种玩意儿怎能天天带来带去呢？有的人要摆上好多天哩。"她说着笑起来，忽然她吐出苦闷的气息合上眼，敞着衣领，脚步踉跄地扑到岛村身上来。"你送我回去吧。"

"你不用回去嘛。"

"不行，不行，我要回去。本地人的宴会，大家都跟着参加第二次的宴会去了，只留下了我一个。这儿有堂会也还说得过去，等一会儿伙伴们回来，会邀我去洗澡的，我要是不在家，那就太不像话了。"

驹子醉得很厉害，可是在陡峭的山坡上走得很快。

"你把那个姑娘弄哭了。"

"说起来嘛，也确实有点发疯的样子。"

"你这样看人家，觉得有趣吗？"

"你不是说过吗，她简直是发疯的样子，好像想起了你说过的这话，她就懊悔地哭起来了。"

"要是那样的话倒也没什么。"

"可是没过十分钟，她进了浴室就唱起歌来，声音真好听。"

"在浴室里唱歌是那个姑娘的老习惯。"

"她一本正经地托付我要好好地对待你呀。"

"真糊涂。不过，这种话你用不着跟我吹嘘啦。"

"吹嘘？你一谈到那位姑娘，可真怪，也不晓得什么缘故，你老是要闹别扭。"

"你想要那个姑娘吗？"

"你怎么说这样的话。"

"我可不是说笑话。我一看见那个姑娘，就觉得她将来终归要成为我的一个大累赘。我这么想也说不出个道理来。你假如喜欢那个孩子，你就注意看看她吧。你也一定会有这种想法的。"驹子说着把一只手搭在岛村的肩膀上，身子靠了过来，可是突然又摇着脑袋说："不对。那个姑娘要是落在像你这样人的手里，她或许就不会发疯了。你肯把我的担子挑上身吗？"

"别胡说八道啦。"

"你以为我唠唠叨叨地在讲醉话吗？想到那个孩子留在你身旁被你宠爱着，而我在这山区里落得身败名裂的收场，我心里多么舒服啊！"

"喂，喂！"

"你放开我。"她脱开身小跑步"砰"的一声撞到防雨板，那里就是驹子的家。

"他们以为你不回家了。"

"不，不，门可以开的。"

驹子托着木板门的下面拉着门，门发出脆裂的声音，她悄悄说："进里边去坐坐。"

"这个时候怎么行呢。"

"家里的人们都睡着了。"

岛村毕竟有些踌躇。

"那么，我就送你回去。"

"也不必啦。"

"不行。这一趟你还没有看过我住的房间呢。"

从厨房门里走进去，眼前就是这家人们横倒竖卧睡眠的形状。屋里摆着这一带地方用做裙裤的棉布制成的坐垫，都褪了色，硬板板的，主人夫妇和一个十七、八岁的姑娘，还有五六个小孩儿，在昏黄的微光下睡觉，脸朝着各自随心所欲的方向，虽是贫穷却笼罩着一种健壮的气势。

岛村仿佛被温暖的睡眠气息所排拒，不觉地就想退回到外面去，可是驹子"咯嗒"一声把门紧闭了，她毫无顾虑地响着脚步声踏上了铺着地板的外房间,岛村也悄悄地从小孩子们的枕边穿过去,他胸中颤动着奇怪的快感。

"你在这儿等一下,我到二楼去点灯。"

"不要啦。"岛村说着在黑暗中登上楼梯。回过头来一看,在纯朴的睡脸的那一头,可以望见卖粗点心的店面。

二楼铺着陈旧的铺席,像是农民的住房,一共有四间。

"只我一个人住,说是宽敞嘛,倒也宽敞。"驹子说。槅扇全都打开了,屋子里的陈旧用具累积在里边的房间,在熏黑的纸糊拉门里,铺着驹子睡觉的小小铺垫,墙上挂着去赴堂会时穿的衣服,这一切看上去正像狐狸住的巢穴。

驹子独自坐在铺垫上,把这屋里唯一的一张坐垫拿给岛村。

"唉呀,脸通红。"她照着镜子说,"醉到这个样子吗?"

然后她在衣橱上搜索着又说:"这个是日记。"

"倒有不少呢。"

从那旁边她拿出一个花纹纸糊的小盒子,里边塞满了各式各样的香烟。

"全是客人们送给我的,我塞在袖兜里或是腰带里带回来的,弄得这么皱巴巴的了,可是并不脏。不过,所有的香烟大体上都齐全了。"她说着在岛村的面前伸手到盒子里抓来抓去拿给他看。

"噢呀,没有火柴。我因为戒了烟,就不买火柴了。"

"用不着。你在做衣服吗?"

"是的。是来参观红叶的客人的,可是工作一点都没有进展。"驹子说着转过身把摆着的剪裁料子放到衣橱前边去。

这大概是驹子东京生活的纪念品吧:漂亮的桐木直纹衣橱,涂着红漆的华丽的缝纫盒子,都跟在师傅家像旧纸匣子似的屋顶下的时候一模一样,可是在这个衰败的二楼上显得凄凉。

电灯挂着一条细绳垂在枕头的上方。

"睡觉的时候看书一拉这个灯就熄了。"驹子玩弄着那条绳露出家庭妇女的风味,她安静地坐在那里,有些羞羞怯怯的样儿。

"很像狐狸的新婚呢。"

"可不是吗。"

"在这个房间里要过四年吗?"

"可是已经过了半年啦,一眨眼的工夫就过来了。"

楼下人们睡觉的呼吸声似乎都可以听得见,而他们又没有继续谈下去的话题,岛村就赶忙站起身来了。

驹子一面关着门,一面探头仰望着天空:"要下雪了。

红叶也快要收场了。"说着走到外边来。"这一带因为是山区，在还有红叶的时候就落雪了。"

"那么，你安歇吧。"

"送你回去，送你到旅馆的大门口。"

然而她同岛村一起进入了旅馆。

"你睡吧。"她说着不晓得到哪里去了一趟，过了一会儿，她端来了两杯装得满满的冷酒，一走进他的房间就兴奋地说："你喝吧，喝呀！"

"旅馆里的人们都睡觉了，你从哪儿拿来的？"

"哼，我知道摆在哪儿。"

驹子似乎从酒桶里取酒的时候已经喝过了，把刚才的醉意又勾引上来，她眯缝着眼睛，瞪着从酒杯上向外漫泄的酒说："摸着黑喝酒，吃着也不香。"

岛村漫不经心地喝着摆在面前的杯中冷酒。

按理说只喝这么点酒是不会醉的，大概是因为到外边走了一趟身子冷了的缘故，忽然间胸中作呕冲上头来了。他似乎感觉到他的脸色已经发青，便合上眼躺下来，驹子赶忙来服侍他，不多一会儿，她身上的热气使岛村完全像小孩子一样安心养神了。

驹子有些不好意思，比如说吧，她的动作就像一个还没有生过孩子的姑娘在抱着别人的孩子那样，扶起孩子的头在望着他睡眠。

停了一会儿，岛村突兀地说了这么一句："你是一个好孩子。"

"怎么好？好在哪儿？"

"是好孩子啊。"

"是吗？你这人真讨厌，你说的是什么呀！用点劲儿挺住吧。"驹子脸朝外一面摇着岛村一面像申斥似的不连贯地说，然后沉默下来。

她又含笑说："这样不好。我心里不好受，请你回去吧。要换的衣服都没有了。每次到你这儿来，总想换一件出堂会的衣服，可是都换光了，这是跟朋友借来的衣服呢。你看，是个坏孩子吧？"

岛村没有说什么。

"你说，从哪儿看我是个好孩子？"驹子略带呜咽的声调说，"第一次和你见面的时候，我觉得你这样的人大概是够讨厌的。谁也不会讲出你那样没有礼貌的话。真是叫人讨厌呢。"

岛村点点头。

"我一直没把这话讲出来，你明白吧？让女人讲出这样的话来，不就算是完了吗？"

"有什么关系。"

"是吗?"驹子说着仿佛在回顾自己的过去,好半天没作声。一个女人的活生生的感觉,给岛村传来了温暖。

"你是个好女人。"

"怎么好法?"

"是个好女人啊。"

"你这人可滑稽。"她说着难为情地缩起肩捂住脸,不知道她想起了什么,突然挺起身来用一只腕子撑着头说:"你那话是什么意思?你是指什么?"

岛村吃了一惊望着驹子。

"你说说看,你真是这样看我的吗?你在耻笑我呢。终归你还是耻笑我啦。"

她满面通红瞪眼看着岛村,在这么追问之间,一阵激烈的愤怒使驹子的肩膀都在发抖,脸色"唰"的一下变得苍白,眼泪簌簌地落下来。

"真懊悔,啊啊,真懊悔。"她说着把身子抽出去,背向岛村跪坐起来。

岛村一想到驹子是错听了话,胸中就猛然起了波动,可是他合上眼一声也没响。

"心里真难过呀。"

驹子自个儿在叽咕着,她把身体缩成滚圆的形状,脸朝下趴下来。

她仿佛已经哭得疲倦了,就拿着银簪子"扑哧扑哧"地戳着铺席,可是忽然间走出屋外去了。

岛村没有来得及在她身后追赶她。想到驹子的话,他心中感到十分内疚。

但是驹子悄悄的脚步声似乎马上又回来了,从纸拉门外面发出尖锐的声音在呼唤。

"唉,你不去洗澡吗?"

"好的,好的。"

"对不起呀。我已经改变了想法啦。"

她藏着身子站立在走廊里,也不想到屋里来,岛村拿着毛巾走出去,驹子把眼睛避开不和他打照面,略微伛着背领先前行。她的姿态宛如有什么罪恶暴露出来被人牵着走去似的,可是在浴池里使身体温暖了,就怪累似地戏着水,这时根本不想睡觉了。

第二天早晨,岛村听见谣曲声睁开了眼。

他暂时静静地听着谣曲,驹子从镜台前回过头来,露出牙齿微笑着说:"这是'梅之间'的客人们。昨天晚间在宴会后还找过我呢。"

"是谣曲会的团体旅行吗?"

"是的。"

"在落雪吧。"

"是的。"驹子说着站起来,忽地打开拉窗让他看。

"红叶已经过时了。"

从窗口露出的那一片灰色天空里,大片的飞雪,向屋里飘流进来,在静寂中像是虚假的。岛村睡眼惺忪,空虚地眺望着。

唱谣曲的人们正在击鼓。

岛村想起了去年年底那天早晨映现在镜中的雪,朝镜台方面一看,在镜中飘浮着比去年更大的冰冷的雪片花瓣,驹子敞着领口在擦着脖子,她的四周飞舞着白色的线条。

驹子的肌肤那么洁净,洗得一尘不染,怎么也想不出这个女人会把岛村偶然说出的一句话误解到那种情形,这反而使人觉得她心中有难以压制的悲哀。

红叶发出锈斑,远山一天天地阴暗下来,这次初雪使它鲜明地复活了。

杉树林点缀着薄薄的雪,每棵杉树都轮廓分明耀人眼目,它伫立在雪地上,锋利地指向天空。

在雪中纺线,在雪中织布,在雪中漂洗,又在雪上晒干。从纺织开始直到织成布都在雪中进行。古时的人们在书本上写着:有雪才有绉绸,雪是绉绸的父母。

这个雪国的麻织品绉绸是村里女人们在长期落雪天里

的手工艺,岛村在旧衣店搜寻到料子做了一件夏衣。由舞蹈者的介绍,他也认识了一家收购能乐[1]衣裳的古物之类的商店,他甚至托付那家店无论什么时候如有纹路细密的绉绸都希望拿给他看看,他爱好这种绉绸,还用它做了一件衬衣。

据说从前到了化雪的春天,揭开防雪围帘子的时候,就是绉绸最初上市的时间了。遥远地从三个大城市来买绉绸的服装批发商,在这里甚至有指定住宿的旅馆,姑娘们费了半年心血织成的东西,本来是为了供应这场最初的集市的,于是男男女女都从远近的村庄汇聚了来,街上陈列出马戏班子和卖东西的店家,简直如节日那么热闹。绉绸上附有一张纸片,上边写着纺织姑娘的名字和住所,把她们的成绩加以品评,定为头等或是二等。选择新娘也靠这个。如果不是从小孩子的时候就学习纺织,不是由十五、六岁到二十四、五岁那么年轻姑娘织出来的,就织不出好的绉绸。年岁一大,织出来的东西便失去了光泽。姑娘们都想列身在首屈一指的几个纺织姑娘名额之内,特意地加以钻研,从旧历十月开始纺线起,到明年二月半晒干了为止,在别无事做的落雪天的岁月里,精心地做着这种手工

---

[1] 能乐是日本的一种古典乐剧。

艺，在制成品上也织进了她们的热爱吧。

在岛村身穿的绉绸中，说不定有明治初年间江户末期姑娘们织成的。岛村直到现在还是把自己穿的绉绸拿出去"雪晒"。把不知道谁贴身穿过的旧衣服每年送到产地去晒，倒也是一件麻烦事，但一想到从前的姑娘在落雪天守在房里所费的心血，就希望还是送到纺织姑娘的地方去承受正正经经的晒法。在深厚的雪上暴晒的白麻，照着朝日，雪也好，布也好，都像是染上了红色，仅仅想到了这种情景，就洗净了夏天的肮脏，仿佛连自己的身子也晒出去，心中起了一种舒适的感觉。不过，从前都是交给东京的旧衣店去办理，岛村并不知道古老的晒法是否还流传到如今。

晒衣店从古老的时候就有的。很少有纺织姑娘在各自的家里晒，大体上都是送到晒衣店去。白色的绉绸在织成后才晒，着色的绉绸纺成线卷在线轴上晒。白色的绉绸直接地展开在雪上晒。据说晒的时间是从旧历一月到二月，就拿掩埋着田地的雪当做了晒场。

无论是布或线，都通宵地泡在灰水里，第二天早晨要洗过好几次，拧干了晒。这样要连续好多天。当白色的绉绸即将晒完了的时候，早晨的太阳升上来，染成一片红红的景色，那实在是无法比喻的，从前的人们在书上写着，这种情景很希望能给温暖地带的人们看一看。当绉绸晒完了的时候，也就是雪国临近春天的时候了。

绉绸的产地，靠近这个温泉场。山峡一点一点地展开，那河流下方的原野就是产地了，从岛村的房间里似乎都可以望得见。从前举办绉绸集市的镇上，全都建了火车站，如今仍以纺织业产地而知名。

但是无论在穿绉绸的仲夏或是在织绉绸的隆冬，岛村都没有到这温泉场来过，所以就没有机会同驹子谈起绉绸的话，而自己也没有资格查访古时人民工艺的来龙去脉。

可是听到叶子在浴池里唱过的歌，忽然想起这个姑娘如果生在古老的时候，她坐在纺线车或织机的面前也会这样歌唱吧。叶子唱的歌完全是那样的声调。

比毛发还细的麻丝，不受到天然的雪的潮气就难于处理，所以说是适于阴冷的季节。古时候有人说过，在三九天里织成的麻在暑热中穿在身上，肌肤生凉，这很合乎自然的阴阳道理。岛村总觉得常来和他纠缠的驹子，身上有一种清凉的根性。因此，对于驹子身上那种火热的性质，岛村是觉得可怜的。

然而这样的爱情，恐怕连一幅绉绸那么确实的形体都留不下来。身上穿的布虽说在工艺品中是寿命较短的，如果爱护得好，即使是五十年前的绉绸，也还会不褪色地穿在身上，而人类的相亲相爱，连绉绸那么长的寿命大概都不会有的。他正在漠然这么想的时候，忽然浮现出驹子跟别个男人生了孩子做了母亲的形象，岛村不觉一惊向四周看了看。他想他大概是疲倦了。

他忘记了回到妻儿家里去，在这里逗留了那么久。这说不上是难分难舍或是不忍别离，他养成了一种习惯，等待着驹子常常来和他会面。驹子越是迫不及待地来得勤快，也就越使岛村引起内心的苛责，感到自己不像是个活人。打个比方说，他虽然是毫不留情地对待自己，却不过是木然站在那儿观望而已。驹子怎么会如此深陷在他的心中，在岛村是不可理解的。驹子的一切都传到岛村的身上来，可是岛村似乎什么也没有传给驹子。驹子那种像碰到空虚墙壁似的回声，像是降落的雪积存在岛村的心底。岛村这样的恣情任性是不能永远地持续下去了。

岛村觉得这一次回去的话，短期间恐怕不会再到这个温泉来了。到了临近雪季他要靠着火盆取暖的时候，旅馆主人特意替他找出一个京都特产的古老的水壶，壶里发出柔和的水的沸腾声。壶上巧妙地雕刻着银色的花鸟。水沸声发出二重音响，听起来远近不同，在遥远的响声之外，似乎还有一个小铃铛微弱地鸣响着。岛村把耳朵靠近水壶听着铃声。在铃声的远处，岛村忽然看见驹子迈着小小的脚步，几乎和铃声一样静悄悄地走来。岛村吃了一惊，他拿定主意非离开这里不可了。

于是岛村决心到绉绸的产地去看一看。他打算乘势就离开这个温泉场。

但是在河流下方有好几个镇,岛村不知道该到哪里去。岛村并不想看现在发展起来的纺织业基地的大街市,所以他情愿在冷清的小站下了车。他暂时步行走向古老旅店的大街上去。

家家户户的庇檐长长地向外突出,支撑着每一头的柱子排列在道路上,很像江户街道上称为店前摊头的地方,不过在北国从古时就称为"雁木",它成为雪深时候的人行道。这种庇檐跟屋檐齐顶一直接连不断。

因为从这一家到那一家都是接连着的,屋顶上的雪只好投积在路当中。实际上从大屋顶投积下来的雪,在道路中已经形成一道雪堤。为了走向街道对面去,雪堤各处被穿通,做成隧道。这个地方好像管这个叫做"胎内小门"。

虽然同样是在雪国,驹子居住的温泉村等等地方,屋檐是不接连的,所以岛村在这条街上才算第一次看见了所谓的"雁木"。因为觉得很稀奇,他就在里边走了一趟。陈旧的庇檐遮阴下是阴暗的,倾斜的柱子,根上已经腐朽了。他仿佛觉得自己在窥探那从祖先时期一代又一代都埋没在雪里的阴郁房屋内部。

在雪底下耗费精力从事手工艺的纺织姑娘们的生活，可不像她们制作出来的绉绸那样爽朗明亮。这个十分古老的街市给人的印象不由得使人想到这个。古时记载绉绸的书里也还引用中国唐朝诗人秦韬玉的诗，据说没有一家纺织店铺愿意雇佣纺织姑娘来织绉绸，因为织成一匹绉绸要费很多的时间，在成本上不合算。

这样辛苦无名的工人老早就已死去，只留下了美丽的绉绸。夏天贴着皮肤凉凉爽爽，给岛村之类的人制成华奢的衣服。这本来也没有什么可奇怪的事，却使岛村忽然觉得奇怪起来了。凡是专心一致充满爱情的行为，迟早总是这样鞭笞着人们吗？岛村从"雁木"下走出到街道上去。

这是一条过往行人留宿的笔直的长街，这大概是连接温泉村的古老公路。木板铺盖的屋顶上，横带木条和压石子也和温泉街上的没有两样。

庇檐的柱子投出淡淡的影子。不知不觉之间已经将近黄昏时候了。

因为没有什么要看的东西，岛村就又乘着火车，到另一条街去看。这街跟刚才看过的街是很相似的。他依旧闲散地走着路，为了避寒他吃了一碗面条。

那家面店是在河岸上，这条河大概也是从温泉场那边流过来的。他看见两人一伙或三人一伙的尼姑陆续渡过桥去。她们都穿着草鞋,其中也有背上垂挂着圆顶草帽的,像是托钵化缘回来。他觉得她们像一群乌鸦赶忙回窝去。

"走过去好多尼姑啊!"岛村朝面店女掌柜问了问。

"是的,这山里边有尼姑庵。不久一落雪,她们从山里走来就有些困难了。"

在桥对面日已西下,山岳发白了。

在这个地方一到树叶飘零刮起冷风的时候,寒冷的阴天就继续不断了。天在催雪,远近的高山白茫茫一片,这被称为山岳环抱。在靠海的地方海在呼啸,在深山的地方山在轰鸣,宛如远方的雷声,这被称为胸腔轰鸣。看到山岳环抱,听到胸腔轰鸣,就知道雪已经不远了。岛村想起旧书上是这么记载的。

岛村在睡早觉的床铺上听见红叶客人唱谣曲的那一天,落了初雪。今年山和海都已经轰鸣过了吗?岛村一个人在温泉调养,在不断和驹子会面期间,听觉大概很奇妙地尖锐起来了,只要一想到山和海的鸣声,远方的鸣声就像从耳底轰响过去似的。

"尼姑从此要在冬天守在屋里了吧。一共有多少人?"

"啊,好多啦。"

"尼姑单独住在一起,在几个月的落雪天里,她们干些什么呀?从前这一带纺织的绉绸,在尼姑庵里不可以纺织吗?"

面店女掌柜对多事的岛村的谈话仅报以微微的一笑。

岛村在车站上等待回头的火车将近两小时,太阳发出微弱的光向下降,寒气袭人,繁星闪闪像是被烘托出来了。他的脚是冰冷的。

岛村不了解自己为什么要走这么一趟,就回到了温泉场。他乘汽车照例越过岔路口到了土地庙的杉树林边上,眼前现出了发出灯光的人家,岛村这才平静下来,这人家就是名叫菊村的小饭馆,在门口有三四个艺妓站着说话。

他正想驹子不在这儿吗,可是他马上就看见驹子出现了。

汽车的速度忽然慢下来,司机仿佛已经知道岛村和驹子的关系了,不由得开慢了车。

岛村忽然回头朝驹子相反的方向往后面望去。在行驶过来的后方雪地上,清清爽爽地遗留下汽车的车辙,在星光下意外地可以望见好远的地方。

车子来到了驹子面前。驹子一合上眼睛就猛然跳上车来了。车子没有停,依旧静静地向上坡路爬行。驹子在车门外面踏板上缩着身子,紧紧把住门柄。

她挂在车上像是被吸住了,岛村却觉得有什么暖热的东西靠近了他,对于驹子的行动丝毫也没感到不自然或是危险。驹子扬起了一只手臂,像是抱住了窗口。她的袖口滑落下来,长长的衬衣的颜色,透过厚玻璃窗,渗入岛村冻得僵硬的眼睑。

驹子把额头抵住玻璃窗,发出尖锐的声音喊着:"你到哪儿去啦?说,你到哪儿去啦?"

"好危险呐!别胡闹啦。"岛村也大声回答,他把这看成天真的游戏。

驹子打开了车门向车里倒卧下来。可是这时车子已经停住了。汽车来到了山脚下。

"说,你到哪儿去啦!"

"怎么说呢?"

"哪儿?"

"哪儿也说不上。"

驹子整理衣裳下摆的手势带有艺妓的风味,岛村忽然觉得这姿势是难得见到的。

司机一声不响。路被挡住,车子停下来,岛村感到再待在车里就不自然了。

"下车吧。"岛村说,驹子把双手搭在他的膝头上。

"啊,好冷。我的手这么冷,你为什么不带我去?"

"可不是吗。"

"你说的是什么呀?你这人真可笑。"

驹子快乐地笑着,登上陡峭的石阶小路。

"你出门去的时候,我看见了。大概是两点或三点钟以前吧。"

"嗯。"

"我听见车子声音就出来看,走到街上来看。你没有回头看,对吗?"

"是吗?"

"你没有看。你为什么不回头看看呢?"

岛村听了一惊。

"你不知道我在给你送行吗?"

"不知道。"

"你瞧你这人。"驹子仍然快乐地含笑说。她把她的肩膀靠过来。

"你为什么不带我去?冷起来了,可不好过。"

突然紧急火警的钟声响起来。

两个人回头看了看。

"着火啦,是着火了。"

"果然是火烧。"

火源是从下面村子的正中扬起来的。

驹子抓住岛村的手喊出了一两声。

在黑烟滚滚上升之中,火舌时隐时现。一片火向四面蔓延，随处烧到了屋檐。

"是哪里？就在你从前住的师傅的房子附近吧。"

"不对。"

"是哪一带呢？"

"还要往上去，靠近火车站了。"

火焰穿出屋顶升腾起来。

"噢呀，蚕茧仓库，是蚕茧仓库啦。噢呀，噢呀，蚕茧仓库失火了。"驹子连连说着把脸蛋儿贴在岛村的肩头上。"蚕茧仓库啊，蚕茧仓库啊！"

火焰越烧越旺，站在高处俯视着辽阔的星空下方，像是玩具失火那么静悄悄的。可是尽管如此，却好像听到可怕的火焰声响，传来了一阵恐怖。岛村抱住了驹子。

"没有什么可怕的。"

"不好，不好，不好。"驹子摇着头哭出声来。她的面孔在岛村的手掌上要比素常觉得小了。她那僵硬的鬓角在颤动着。

看见火就哭出来，究竟是为了什么而哭呢？岛村一点都没有疑心到这个就抱着她。

驹子忽然停住哭声把脸离开了。

"噢呀，对啦！蚕茧仓库在放电影，就在今天晚上。里边进去满满的人啦。你……"

149

"那可是不得了的事。"

"会有人受伤。会烧死的。"

两个人慌忙登上石阶向上奔。因为在上方可以听见嘈杂的声音。朝上边一看，高大的旅馆，无论二层楼或三层楼，大多数的房间都打开了槅扇，人们走到明亮的走廊上在观望着火烧。院子外面一排排的菊花，借着旅馆的灯火或是星光，浮现出枯凋尖梢的轮廓，使人料想这是突然烧起的火光映现出来的，在那些菊花的后面也有人站立着。旅馆掌柜之类的三四个人朝他们两个面对的上方，跌跌滚滚地下山来。驹子抬高嗓门问："您看，可是蚕茧仓库？"

"是蚕茧仓库。"

"有人受伤吗？没有受伤的人吗？"

"都在拼命往外救呢。因为是电影胶片'砰'的一声烧起来了，火向四处蔓延得好快，我从电话里听来的。你瞧瞧那边。"旅馆掌柜迎头走来，挥动着一只手臂又走去了。"听说小孩子什么的，都"砰砰"地从二楼上投下来呢！"

"啊，这怎么好。"驹子说着就追旅馆掌柜下了石阶。从她身后下来的人们赶过她跑去，也怂恿驹子往前跑。岛村也追上来。

在石阶下方，火烧掩罩了人家，只能见火焰苗，急打的警钟到处鸣响，使人觉得更加不安了。

"雪冻结了，你要当心哪！地下滑。"驹子回头望着岛村说，这时她站住了。"不过，你可以不去啦，你用不着来了。我是因为替村里的人们担心哪。"

听她这么一说，倒也觉得有道理。岛村松口气，便望见了在他的脚底下现出了火车线路。已经来到了岔道口的前面。

"好美丽的银河。"驹子自言自语地仰头望着天空，然后又奔跑下去。

岛村抬头看，啊，银河！这时好像身体向上飘，飘浮到银河里面去。银河的明朗似乎要把岛村捧上天去。旅行中的芭蕉[1]在荒海上所见到的，就是这样大的鲜明的银河吗？赤裸裸的银河，要用它的肌肤把暗夜的大地包裹起来，正在立即下降。它的艳丽是惊人的。岛村感觉到他投射下来小小的身影，仿佛要从地面映现到银河上去了。布满银河的繁星那么清澈，不仅一颗一颗的星可以看得见，而这里那里在发光的云彩上的银色砂子，也一粒一粒地浮现出来，而且银河的无底深渊把人的视线都吸引进去了。

"喂，喂！"岛村向驹子呼喊。

---

1 松尾芭蕉（1644—1694）：著名的日本短歌作者，俳句诗人。

"喂，你来呀。"

驹子向银河下垂的阴暗的山岳方向跑去。

她似乎在提着前襟，每次手膀子一摆动，红色的下摆时而露出了很多，时而又缩进去。他明白了这是星光下雪地上的红色。

岛村一溜烟地往前追。

驹子一放慢脚步，从衣襟上把手放开，握起岛村的手。

"你也去吗？"

"嗯。"

"你真喜欢多事。"她说着又抓起了落在雪上的下摆。

"人家要笑我的，你还是回去吧。"

"好的，就到那儿为止。"

"这不是糟糕吗？把你带到失火的地方去，对村里的人可不好。"

岛村点点头停住脚步，可是驹子轻轻地抓住岛村的袖子，依旧慢慢地向前走去。

"你在哪里等我。我马上就回来。在哪里等我好呢？"

"哪里都行。"

"是呀，再少许过去一些。"驹子说着盯住岛村的脸瞧，忽然摇摇头，"不啦，就到这儿吧。"

驹子把整个身子都扑过来，岛村向后踉跄了一步。在路边的薄雪中排列着一排排的葱。

"真是无情义呀。"驹子又以迅速的口声跟他找茬儿吵嘴了,"瞧,你说过我是一个好女人。你要离开了,为什么还要跟我讲这样的话呢?"

岛村想起了驹子用簪子"扑哧扑哧"戳铺席时的情景。

"我哭了。回到家里去我又哭了。想到你要离开,我觉得可怕。不过,你还是赶快走吧。你把我说得哭起来,我是不会忘记的呀。"

岛村一想到驹子错听了话,而这话却咬进了她的内心,倒使他为一种恋恋不舍之情纠缠住。忽然间,传来了火灾场上的人声。新起的火苗喷出了火花。

"噢呀,又那么烧起来,火烧得好旺啊。"

两个人仿佛幸而得救似的跑下去了。

驹子跑得好快。她踏着木屐擦过凝结的雪像是在飞。她的形象与其说前后挥动着两只胳膊,不如说向两面张开了。岛村想,她的形状在胸部鼓足力气的时候,却分外觉得小巧呢。岛村是个矮胖子,一面看着驹子的这副姿势一面奔跑,很快就愈加呼吸困难了。但是驹子忽然喘不过气来,脚步跟跄地扑在岛村身上。

"眼珠子好冷,流出泪来了。"

她脸蛋儿像火烧,只感到眼睛冷。岛村的眼睑也湿润了。眨眨眼睛看，满眼都是银河。岛村忍住往下落的泪说："每天晚上，银河都是这样的吗？"

"银河吗？真漂亮，不是每天晚上都这样吧。真晴朗呢。"

银河从他们两个人跑过来的背后向前下落，驹子的面容像是照耀在银河中。

然而她那细高鼻梁的形状并不分明，小小的嘴唇颜色也消失不见了。岛村不能相信那弥漫在空中穿行过去的一层层亮光竟会这么暗？这也许是在比淡淡的月夜还更淡的星光下，银河是比任何满弦月的天空还更明亮，在地上没有任何投影的微明中，驹子的脸上浮现出一幅古老的面具形象，却发出一个女人的香味，这是不可思议的。

仰面一看，使人觉得银河还是要拥抱大地似的降下来。

如大片极光一样的银河，渗入岛村的身体里流动着，他感到宛如站在大地的尽头了。虽有寒冷彻骨的寂寞，却也含有令人艳羡的惊奇。

"你要是去了的话，我要规规矩矩地生活了。"驹子说着向前走，她用手整了整松下来的发髻。走了五六步之后又回过头来。"你怎么啦？多叫人心烦。"

岛村依旧站着不动。

"不去了吗？你可等着我。过一会儿我们一起到你的房间里去。"

驹子略微抬起了左手,然后就跑了。看她的后影,像是被吸进到黑暗的山底下去的样子。在被山岳的波折线切断的地方,银河的下端展开了,从那儿反而像是大面积的辉煌景色冲向天空,山岳越发阴暗地下沉了。

岛村一迈开脚步,没一会儿工夫,驹子的身影就为街道上的人家隐没了。

"哟嗬,哟嗬,哟嗬!"这时可以听见吆喝的声音,街道上看见水唧筒被拖过去。似乎不断有人在街道上奔跑着。岛村也急忙走到街道上去。他们两个走过来的那条路径是跟街道形成丁字形相接连的。

后面又拖来了水唧筒,岛村让开路,随着他们后头跑。

那是旧式手压的木制水唧筒。有一队人在前头牵着长长的绳子,另外在水唧筒的四周还围着消防员。水唧筒那么小,令人觉得滑稽。

驹子也在路边上避开了,让那水唧筒过去。她看到岛村就一同奔跑。避开水唧筒站在路边上的人们像是被水唧筒吸拢来,都随在后面追赶着。这时他们两个也被拥进奔向火场去的人群中了。

"你也来了,真喜欢多事呀。"

"哼。这个水唧筒可不像话,还是明治时期以前的。"

"是呀。你可别滑倒。"

"地下好滑。"

"是的,这以后在整夜刮暴风雪的时候,你来一次看看吧。你大概走不过来。连野鸡和兔子都会逃进屋里去。"驹子说着这些话,消防员的吆喝声和人群的脚步声却闹得很起劲,声音是明朗尖锐的。岛村身上也觉得轻快了。

这时可以听到火焰迸发出来的声音。火舌在眼前升起。驹子抓住了岛村的胳膊肘。街道上低矮阴暗的屋顶被火光照耀着像喘过一口气似的浮现出来,接着又暗淡下去。脚底下流来了水唧筒里的水。岛村和驹子自然而然地在人墙边上停住脚步。在火烧的糊焦气味之中,混合着煮蚕茧的臭气。

人们这里那里大声谈着类似的话,什么电影胶片起的火啦,看戏的孩子们"扑通扑通"地往下投啦,没有人受伤啦,幸亏没有放进村里的蚕茧和米啦等等,虽然如此,却有一种寂静统御着火场,这寂静贯穿着远近的中心,使大家相对无言,只像是在静听火烧的声音和水唧筒的响声。

时时有村民随后跑来,他们到处喊叫着亲属的名字。一有应声的人,便快乐地互相呼唤着。只有这些声音发出气息活跃的响声。紧急火警的钟声已经停止了。

岛村认为叫人看见不好,就悄悄地离开驹子,站到一堆小孩子的背后去。小孩子们被火熏烤得向后退缩。脚底下的雪似乎也稍稍地融化了。人墙前面的雪受到火与水的融化，形成一片泥泞，上边印着杂乱的脚印。

那里是蚕茧仓库旁边的田地，跟岛村他们一起奔跑来的人们，大都钻进田里去。

火像是从安置放映机的门口发出来的，蚕茧仓库约有一半的屋顶和墙壁都燃烧得塌落下来，柱子和房梁的骨干冒着烟还存立着。除了铺板、墙板和地板外都是空空旷旷的，房子里似乎并不烟雾腾腾，屋顶洒上大量的水也不像是在燃烧的样子，而火的燃烧却没有停止，从想不到的地方冒出火苗来。三台水唧筒慌忙对着火喷去，"唰"的一声就喷出火花腾起了黑烟。

火花向银河里边散开，岛村又觉得像是被银河捞上去。烟和银河的流动方向相反，银河降下来了。水唧筒的水头没有碰上屋顶，在摇晃着，形成稀薄的白色水烟，好像映射出银河的光。

不知什么时候驹子凑近来，握住了岛村的手。岛村回头看了看，却沉默着。驹子依旧朝火的方向望去，在她显得发红的严肃面孔上，飘荡着火焰的气息。岛村胸中涌上一阵激烈的情愫。驹子的发髻松散了，喉头向外突出。岛村忽然想给她整整发，他的手指尖却在发抖。岛村的手已经暖热，驹子的手就更烫了。不知为什么，岛村感到别离的时刻就要来到了。

门口的柱子不知道从什么地方又冒出火来，水唧筒的水射向它去，栋梁呲呲有声冒出热气，向下倾斜。

人墙惊讶地屏住了气息，看见一个女人的身体掉下来了。

蚕茧仓库也常用来演剧，就附设了形同二楼的席位。说是二楼可很低矮。从那二楼上掉下来，落到地上真不过是一转眼的工夫，而摔下来的姿势却有足够的时间明晰地映入人的眼目，但也许是她摔下来的方式很奇怪，带有一个木偶人的味道。只要用眼一看，就可以明了那人已昏迷过去了。掉下来的时候没有响声。落在浸水的地方，也没有扬起灰尘。她是落在新燃烧起来的火和旧火重燃的当中。

一台水唧筒朝旧火重燃的方向斜射出一注弓形的水流。在水流前面，忽然浮现出女人的形体。她落下来的样式是这样的：女人的身体在空中形成水平线。岛村心头突突地跳，可是他没有立即感到危险和恐怖。那正如一种非现实世界的幻影。她的姿势仿佛是无生无死的休止状态，僵硬挺直的身体在空中伸长往下落，变得柔软，却带有木偶人风格的无抵抗和不含有生命力的自由自在。要说在岛村的心中还有不安闪过去的话，那就是担心这个伸得平平的女人身体的头部会栽下来吗，她的腰部和膝盖不会曲折吗？看她那样子会发生这种情况的，可是她却平平直直地落下来。

"啊，啊！"

驹子声音尖锐地喊叫着，用手遮住了双眼。岛村眼睛一眨也不眨地注视着。

岛村到什么时候才弄清楚的呢？那掉下来的女人就是叶子。人墙惊愕地屏住气息，驹子"啊啊"地喊叫，实际上就在同一瞬间。叶子的腿肚子在地上抽搐也像是同一瞬间的事。

驹子的喊叫声穿透了岛村的身子。在叶子腿肚子抽搐的同时，岛村连脚指尖都一阵冰冷得抽搐起来。一阵喘不过气来的痛苦和悲哀侵袭了他，心头悸动得好厉害。

叶子的抽搐是眼睛不能看见的那么轻微，立刻就停止了。

在岛村未注意到叶子的抽搐之前，首先看到她的面孔和她身穿的箭状花纹布的衣服。叶子是面朝天摔下来的。她的下摆向上卷起来，少许过了一只膝盖。她碰到地面也只腿肚子在抽搐，依旧昏迷不醒的状况。岛村不知道什么缘故仍然没有感到死亡，却感到了叶子内在生命的变形以及那变迁的过程。

从叶子落下来的二楼看台上,有两三根搭架子的木头倾倒下来,在叶子的脸上燃起了火。叶子紧闭着她那炯炯有神的美丽的眼睛。下巴向外突出,脖子的线条伸长。火光摇曳,在她苍白的脸上射过去。

岛村忽然想起,几年前他来温泉场和驹子会面,火车上在叶子容颜的正当中燃起了山野灯火时的情景,他的胸中又在颤抖了。仿佛在一瞬间照亮了他和驹子度过的岁月。这之间有叫人郁闷的痛苦和悲哀。

驹子从岛村的身旁跳出去了。这和驹子遮住眼睛发出喊声几乎在同一瞬间。也就是人们惊愕地还在屏着气息的时候。

燃烧的乌黑碎屑浇上水向四处飞散,这之间驹子牵着艺妓的长长的下摆,脚步踉跄。她把叶子抱在胸中想把她拖出来。在驹子拼命挣扎的面容下,叶子如已升天一般空虚的脸孔耷拉下来。驹子抱着她带有自我牺牲又带有受惩罚的意味。

人墙里大家都发出喊声,分散开来,一下子围住了她们两个人。

"躲开,请躲开呀!"岛村听到了驹子的喊声,"这孩子发疯了,发疯了!"

驹子这样疯狂般的喊叫声使岛村向驹子靠拢去,有些男人正要从驹子手里把叶子抢抱过来,他被推挤得站不稳脚步。他挺住身子站稳,抬眼向上看,银河像是"唰"的一声流进岛村的内心去。

(1935年1月—1947年10月)

伊豆的歌女

一

道路变得曲曲折折的,眼看着就要到天城山的山顶了,正在这么想的时候,阵雨已经把丛密的杉树林笼罩成白花花的一片,以惊人的速度从山脚下向我追来。

那年我二十岁,头戴高等学校的学生帽,身穿藏青色碎白花纹的上衣,围着裙子,肩上挂着书包。我独自旅行到伊豆来,已经是第四天了。在修善寺温泉住了一夜,在汤岛温泉住了两夜,然后穿着高齿的木屐登上了天城山。一路上我虽然出神地眺望着重叠群山、原始森林和深邃幽谷的秋色,胸中却紧张地悸动着,有一个期望催我匆忙赶路。这时候,豆大的雨点开始打在我身上。我沿着弯曲陡峭的坡道向上奔行。好不容易才来到山顶上北路口的茶馆;

我呼了一口气，同时站在茶馆门口呆住了。因为我的心愿已经圆满地达到，那伙巡回艺人正在那里休息。

那歌女看见我伫立在那儿，立刻让出自己的坐垫，把它翻个身，摆在旁边。

"啊……"我只答了一声就坐下了。由于跑上山坡一时喘不过气来，再加上有点惊慌，"谢谢"这句话已经到了嘴边却没有说出口来。

我就这样和歌女面对面地靠近在一起，慌忙从衣袖里取出了香烟。歌女把摆在她同伙女人面前的烟灰缸拉过来，放在我的近边。我还是没有开口。

那歌女看去大约十七岁。她头上盘着大得出奇的旧式发髻，那发式我连名字都叫不出来，这使她严肃的鹅蛋脸显得非常小，可是又美又调和。她就像历史小说上头发画得特别丰盛的姑娘的画像。那歌女一伙里有一个四十多岁的女人、两个年轻的姑娘，另外还有一个二十五、六岁的男人，穿着印有长冈温泉旅店商号的外衣。

到这时为止，我见过歌女这一伙人两次。第一次是在前往汤岛的途中，她们正到修善寺去，在汤川桥附近碰到。当时年轻的姑娘有三个，那歌女提着鼓。我一再回过头去望她们，感到一股旅情渗入身心。然后是在汤岛的第二天夜里，她们巡回到旅馆里来了。我在楼梯半当中坐下来，一心一意地观看那歌女在大门口的走廊上跳舞。我盘算着：当天在修善寺，今天夜里到汤岛，明天越过天城山往南，大概要到汤野温泉去。在二十多公里的天城山山道上准能追上她们。我这么空想着匆忙赶来，恰好在避雨的茶馆里碰上了，我心里"扑通扑通"地跳。

过了一会儿，茶馆的老婆子领我到另一个房间。这房间平时大概不用，没有装上纸门。朝下望去，美丽的幽谷深得望不到底。我的皮肤上起了鸡皮疙瘩，浑身发抖，牙齿在打战。老婆子进来送茶，我说了一声好冷啊，她就像拉着我的手似的，要领我到她们自己的住屋里去。

"唉呀，少爷浑身都湿透啦。到这边来烤烤火吧，来呀，把衣服烤烤干。"

那个房间装着火炉，一打开纸槅门，就流出一股强烈的热气。我站在门槛边踌躇了。炉旁盘腿坐着一个浑身青肿、淹死鬼似的老头子，他的眼睛连眼珠子都发黄，像是烂了的样子。他忧郁地朝我这边望。他身边旧信和纸袋堆积如山，简直可以说他是埋在这些破烂纸头里。我目睹这山中怪物，呆呆地站在那里，怎么也不能想象这就是个活人。

"让您看到了这样可耻的人样儿……不过，这是家里的老爷子，您用不着担心。看上去好难看，可是他不能动弹了，请您就忍耐一下吧。"

老婆子这样打了招呼，从她的话听来，这老爷子多年害了中风症，全身不遂。大堆的纸是各地治疗中风症的来信，还有从各地购来的中风症药品的纸袋。凡是老爷子从走过山顶的旅人听来的，或是在报纸广告上看到的，他一次也不漏过，向全国各地打听中风症的疗法，购求出售的药品。这些书信和纸袋，他一件也不丢掉，都堆积在身边，望着它们过日子。长年累月下来，这些陈旧的纸片就堆成山了。

我没有回答老婆子的话，在炉炕上俯下身去。越过山顶的汽车震动着房子。我心里想，秋天已经这么冷，不久就将雪盖山头，这个老爷子为什么不下山去呢？从我的衣服上腾起了水蒸气，炉火旺得使我的头痛起来。老婆子出了店堂，跟巡回女艺人谈天去了。

"可不是吗，上一次带来的这个女孩已经长成这个样子，变成了一个漂亮姑娘，你也出头啦！女孩子长得好快，已经这么美了！"

将近一小时之后，我听到了巡回艺人准备出发的声音。我当然很不平静，可只是心里头七上八下的，没有站起身来的勇气。我想，尽管她们已经走惯了路，而毕竟是女人的脚步，即使走出了一两公里之后，我跑一段路也追得上她们，可是坐在火炉旁仍然不安神。不过歌女们一离开，我的空想却像得到解放似的，又开始活跃起来。我向送走她们的老婆子问道："那些艺人今天夜里在哪里住宿呢？"

"这种人嘛，少爷，谁知道她们住在哪儿呀。哪儿有客人留她们，她们就在哪儿住下了。有什么今天夜里一定的住处啊？"

老婆子的话里带着非常轻蔑的口吻，甚至使我想到，果真是这样的话，我要让那歌女今天夜里就留在我的房间里。

雨势小下来，山峰开始明亮。虽然他们一再留我，说再过十分钟，天就放晴了，可是我却怎么也坐不住。

"老爷子，保重啊。天就要冷起来了。"我恳切地说着，站起身来。老爷子很吃力地动着他的黄色眼睛，微微地点点头。

"少爷，少爷！"老婆子叫着追了出来，"您这么破费，真不敢当，实在抱歉啊。"

她抱着我的书包不肯交给我，我一再阻拦她，可她不答应，说要送我到那边。她随在我身后，匆忙迈着小步，走了好大一段路，老是反复着同样的话："真是抱歉啊，没有好好招待您。我要记住您的相貌，下回您路过的时候再向您道谢。以后您一定要来呀，可别忘记了。"

我只不过留下五角钱的一个银币，看她却是十分惊讶，感到眼里都要流出泪来。可是我一心想快点赶上那歌女，觉得老婆子蹒跚的脚步倒是给我添了麻烦。终于来到了山顶的隧道。

"非常感谢。老爷子一个人在家，请回吧。"我这么说，老婆子才算把书包递给我。

一走进黑暗的隧道，冰冷的水滴纷纷地落下来。前面，通往南伊豆的出口微微露出了亮光。

二

出了隧道口子，山道沿着傍崖边树立的刷白的栅栏，像闪电似的蜿蜒而下。从这里瞭望下去，山下景物像是一副模型，下面可以望见艺人们的身影。走了不过一公里，我就追上他们了。可是不能突然间把脚步放慢，我装做冷淡的样子越过了那几个女人。再往前大约二十米，那个男人在独自走着，他看见我就停下来。

"您的脚步好快呀……天已经大晴啦。"

我放下心来，开始同那个男人并排走路。他接连不断地向我问这问那。几个女人看见我们两个在谈话，便从后面奔跑着赶上来。

那个男人背着一个大柳条包。四十岁的女人抱着小狗。年长的姑娘背着包袱，另一个姑娘提着小柳条包，各自都拿着大件行李。歌女背着鼓和鼓架子。四十岁的女人慢慢地也和我谈起来了。

"是位高等学校的学生呢。"年长的姑娘对歌女悄悄说。我回过头来，听见歌女笑着说："是呀。这点事，我也懂得的。岛上常有学生来。"

这伙艺人是大岛的波浮港人。他们说，春天从岛上出来，一直在路上，天冷起来了，没有做好冬天的准备，所以在下田再停留十来天，就从伊东温泉回到岛上去。我一听说大岛这个地方，愈加感到了诗意，我又看了看歌女的美丽发髻，探问了大岛的各种情况。

"有许多学生到我们那儿来游泳。"歌女向结伴的女人说。

"是在夏天吧。"我说着转过身来。

歌女慌了神，像是在小声回答："冬天也……"

"冬天？"

歌女还是看着结伴的女人笑。

"冬天也游泳吗？"我又说了一遍，歌女脸红起来，可是很认真的样子，轻轻地点着头。

"这孩子，糊涂虫。"四十岁的女人笑着说。

沿着河津川的溪谷到汤野去，约有十二公里下行的路程。越过山顶之后，群山和天空的颜色都使人感到了南国风光。我和那个男人继续不断地谈着话，完全亲热起来了。过了荻乘和梨本等小村庄，可以望见山麓上汤野的茅草屋顶，这时我决心说出了要跟他们一起旅行到下田。他听了非常高兴。

到了汤野的小客栈前面，四十岁的女人脸上露出向我告别的神情时，他就替我说："这一位说要跟我们结伴走哩。"

"是呀，是呀。'旅途结成伴，世上多情谊。'像我们这些无聊的人，也还可以替您排忧解闷呢。那么，您就进来休息一下吧。"她随随便便地回答说。姑娘们一同看了我一眼，脸上没有露出一点意外的神情，沉默着，带点儿害羞的样子望着我。

我和大家一起走上小旅店的二楼，卸下了行李。铺席和纸槅扇都陈旧了，很脏。歌女从楼下端来了茶。她坐到我面前，满脸通红，手在颤抖，茶碗正从茶托上歪下来，她怕倒了茶碗，乘势摆在铺席上，茶已经撒出来。看她那羞愧难当的样儿，我愣住了。

"唉呀，真讨厌！这孩子情窦开啦。这这……"四十岁的女人说着，像是惊呆了似的蹙起眉头，把抹布甩过来。

歌女拾起抹布，很呆板地擦着席子。

这番出乎意外的话，忽然使我对自己原来的想法加以反省。我感到由山顶上老婆子挑动起来的空想，一下子破碎了。

这当儿，四十岁的女人频频地注视着我，突然说："这位书生穿的藏青碎白花纹上衣真不错呀。"于是她再三盯着问身旁的女人："这位的花纹布和民次穿的花纹是一样的，你说是吧？不是一样的花纹吗？"然后她又对我说："在家乡里，留下了一个上学的孩子，现在我想起了他。这花纹布和那孩子身上穿的一样。近来藏青碎白花纹布贵起来了，真糟糕。"

"上什么学校？"

"普通小学五年级。"

"哦，普通小学五年级，实在……"

"现在进的是甲府的学校。我多年住在大岛，家乡却是甲斐的甲府。"

休息了一小时之后，那个男人领我去另一个温泉旅馆。直到此刻，我只想着和艺人们住在同一家小旅店里。我们从街道下行，走过好一大段碎石子路和石板路，过了小河旁边靠近公共浴场的桥。桥对面就是温泉旅馆的院子。

我进入旅馆的小浴室，那个男人从后面跟了来。他说他已经二十四岁,老婆两次流产和早产,婴儿死了,等等。由于他穿着印有长冈温泉商号的外衣,所以我认为他是长冈人。而且看他的面貌和谈吐风度都是相当有知识的,我就想象着他大概是出于好奇或者爱上卖艺的姑娘,才替她们搬运行李跟了来的。

洗过澡我立刻吃午饭。早晨八点钟从汤岛出发,而这时还不到午后三时。

那个男人临走的时候,从院子里向上望着我,和我打招呼。

"拿这个买些柿子吃吧。对不起,我不下楼啦。"我说着包了一些钱投下去。他不肯拿钱,就要走出去,可是纸包已经落在院子里,他回过头拾起来。

"这可不行啊。"他说着把纸包抛上来,落在茅草屋顶上。我又一次投下去,他就拿着走了。

从傍晚起下了一场大雨。群山的形象分不出远近,都染成一片白,前面的小河眼见得混浊了,变成黄色,发出很响的声音。我想,雨这么大,歌女们不会串街卖艺了,可是我坐不住,又进了浴室两三次。住屋微暗不明,和邻室相隔的纸槅扇开了个四方形的口子,上梁吊着电灯,一盏灯供两个房间用。

在猛烈雨声中,远方微微传来了咚咚咚的鼓声。我像要抓破木板套窗似的把它拉开了，探出身子去。鼓声仿佛离得近了些，风雨打着我的头。我闭上眼睛侧耳倾听，寻思鼓声通过哪里到这儿来。不久，我听见了三弦的声音，听见了女人长长的呼声，听见了热闹的欢笑声。随后我了解到艺人们被叫到小旅店对面饭馆的大厅去了，可以辨别出两三个女人和三四个男人的声音。我等待着，想那里一演完，就要转到这里来吧。可是那场酒宴热闹异常，像是要一直闹下去。女人的尖嗓门时时像闪电一般锐利地穿透暗夜。我有些神经过敏，一直敞开着窗子，痴呆地坐在那里。每一听见鼓声，心里就亮堂了。

"啊，那歌女正在宴席上啊。她坐着在敲鼓呢。"

鼓声一停就使人不耐烦。我沉浸到雨声里去了。

不久，也不知道是大家在互相追逐呢还是在兜圈子舞蹈，纷乱的脚步声持续了好一会，然后又突然静下来。我睁大了眼睛，像要透过黑暗看出这片寂静是怎么回事。我心中烦恼，那歌女今天夜里不会被糟蹋吗？

我关上木板套窗上了床，内心里还是很痛苦。又去洗澡，胡乱地洗了一阵。雨停了，月亮现出来。被雨水冲洗过的秋夜，爽朗而明亮。我想，即使光着脚走出浴室，也还是无事可做。这样度过了两小时。

三

第二天早晨一过九时，那个男人就到我的房间来了。我刚刚起床，邀他去洗澡。南伊豆的小阳春天气，一望无云，晴朗美丽，涨水的小河在浴室下方温暖地笼罩于阳光中。我感到自己昨夜的烦恼像梦一样。我对那个男人说："昨天夜里你们欢腾得好晚啊。"

"怎么，你听见啦？"

"当然听见了。"

"都是些本地人。这地方上的人只会胡闹乱叫，一点也没趣。"

他若无其事的样子，令我沉默了。

"那些家伙到对面的浴场来了。你瞧，他们好像注意到这边，还在笑哩。"

顺着他所指的方向，我朝河那边的公共浴场望去。有七八个人光着身子，朦胧地浮现在水蒸气里面。

忽然从微暗的浴场尽头，有个裸体的女人跑出来，站在那里，做出要从脱衣场的突出部位跳到河岸下方的姿势，笔直地伸出了两臂，口里在喊着什么。她赤身裸体，连块毛巾也没有。这就是那歌女。我眺望着她雪白的身子，它像一棵小桐树似的，伸长了双腿，我感到有一股清泉洗净了身心，深深地叹了一口气，哧哧笑出声来。她还是个孩子呢。是那么幼稚的孩子，当她发觉了我们，一阵高兴，就赤身裸体地跑到日光下来了，踮起脚尖，伸长了身子。我满心舒畅地笑个不停，头脑澄清得像刷洗过似的。微笑长时间挂在嘴边。

由于歌女的头发过于丰盛，我一直认为她有十七、八岁。再加上她被打扮成妙龄女郎的样子，我的猜想就大错特错了。

我和那个男人回到我的房间，不久，那个年长的姑娘到旅馆的院子里来看菊花圃。歌女刚刚走在小桥的半当中。四十岁的女人从公共浴场出来，朝她们两人的方向望着。歌女忽然缩起了肩膀，想到会挨骂的，还是回去的好，就露出笑脸，加快脚步回头走。四十岁的女人来到桥边，扬起声来叫道："您来玩啊！"

年长的姑娘也同样说着："您来玩啊！"她们都回去了。可是那个男人一直坐到傍晚。

夜里，我正和一个卸下了纸头的行商下围棋，突然听见旅馆院子里响起了鼓声。我马上就要站起身来。

"串街卖艺的来了。"

"哼哼，这些角色，没道理。喂，喂，该你下子啦。我已经下在这里。"纸商指点着棋盘说。他入迷地在争胜负。

在我心神恍惚的当儿,艺人们似乎就要回去了,我听见那个男人从院子里喊了一声:"晚上好啊!"

我到走廊里向他招手。艺人们悄声私语了一阵,然后转到旅馆门口。三个姑娘随在那个男人身后,顺序地道了一声"晚上好",在走廊上垂着手,像艺妓的样子行了礼。我从棋盘上看出我的棋快要输了。

"已经没办法了。我认输。"

"哪里会输呢?还是我这方不好啊。怎么说也还是细棋。"

纸商一眼也不朝艺人那边看,一目一目地数着棋盘上的目数,愈加小心在意地下着子。女人们把鼓和三弦摆在房间的墙角里,就在象棋盘上玩起五子棋来。这时我本来赢了的棋已经输了。可是纸商仍然死乞白赖地要求说:

"怎么样?再下一盘,再请你下一盘。"

但是我一点意思也没有,只是笑了笑,纸商断了念,站起身走了。

姑娘们向棋盘这边靠拢来。

"今天夜里还要到哪里去巡回演出吗?"

"还想兜个圈子。"那个男人说着朝姑娘们那边看看。

"怎么样,今天晚上就到此为止,让大家玩玩吧。"

"那可开心,那可开心。"

"不会挨骂吗?"

"怎么会,就是到处跑,反正也不会有客人。"

她们下着五子棋什么的,玩到十二点钟以后才走。

歌女回去之后,我怎么也睡不着,头脑还是清醒异常,我到走廊里大声叫着。

"纸老板,纸老板!"

"噢……"快六十岁的老爷子从房间里跳出来,精神抖擞地答应了一声。

"今天夜里下通宵。跟你说明白。"

我这时充满非常好战的心情。

四

已经约好第二天早晨八点钟从汤野出发。我戴上在公共浴场旁边买的便帽,把高等学校的学生帽塞进书包,向沿街的小旅店走去。二楼的纸槅扇整个地打开着,我毫不在意地走上去,可是艺人们都还睡在铺垫上。我有些慌张,站在走廊里愣住了。

在我脚跟前那张铺垫上,那歌女满面通红,猛然用两只手掌捂住了脸。她和那个较大的姑娘睡在一张铺上,脸上还残留着昨晚的浓妆，嘴唇和眼角渗着红色。这颇有风趣的睡姿沁入我的心胸。她眨了眨眼侧转身去，用手掌遮着脸，从被窝里滑出来，坐到走廊上。

"昨晚谢谢您！"她说着，漂亮地行了礼，弄得我站在那儿不知怎么是好。

那个男人和年长的姑娘睡在一张铺上。在看到这以前，我一点都不知道这两个人是夫妇。

"非常抱歉。本来打算今天走的，可是今天晚上要接待客人，我们准备延长一天。您要是今天非动身不可，到下田还可以和您见面。我们决定住在甲州屋旅店里，您立刻就会找到的。"四十岁的女人在铺垫上抬起身子说。我感到像是被人遗弃了。

"不可以明天走吗？我预先不知道妈妈要延长一天。路上有个伴儿总是好的。明天一块儿走吧。"那个男人说。

四十岁的女人也接着说："就这么办好啦。特意要和您一道的，没有预先跟您商量，实在抱歉。明天哪怕落冰雹也要动身。后天是我的小宝宝在路上死去的第四十九天，我心里老是惦念着这断七的日子，一路上匆匆忙忙赶来，想在那天前到下田做断七。跟您讲这件事真是失礼，可我们倒是有意外的缘分，后天还要请您上祭呢。"

因此我延缓了行期，走到楼下去。为了等大家起床，我在肮脏的账房里跟旅店的人闲谈,那个男人来邀我出去散散步。沿街道稍微向南行,有一座漂亮的小桥。凭着桥栏杆,他谈起了他的身世。他说,他曾经短期参加了东京一个新流派的剧团,听说现在也还常常在大岛港演剧。他说他们的行李包里刀鞘像条腿似的拖在外面。因为在厅房里还要演堂会。大柳条包里装的是衣裳啦、锅子茶碗之类的生活用品。

"我耽误了自己的前程,竟落到这步田地,可是我的哥哥在甲府漂亮地成家立业了,当上一家的继承人。所以我这个人是没人要的了。"

"我一直想你是长冈温泉人呢。"

"是吗?那个年长的姑娘是我的老婆,她比你小一岁,十九啦。在旅途上,她的第二个孩子又早产了,不到一个星期就断了气,我女人的身体还没有复原。那个妈妈是她的生身母亲,那歌女是我的亲妹妹。"

"哦,你说你有个十四岁的妹妹……"

"就是她呀,让妹妹来干这种生计,我很不愿意,可是这里面还有种种缘故。"

然后他告诉我,他名叫荣吉,妻子叫千代子,妹妹叫薰子。另一个十七岁的姑娘叫百合子,只有她是大岛生人,雇来的。荣吉像是非常伤感,露出要哭的脸色,注视着河滩。

我们回来的时候,洗过了脂粉的歌女正俯身在路边拍着小狗的头。我表示要回自己的旅馆里去。

"你去玩啊。"

"好的,可是我一个人……"

"你跟哥哥一道去嘛。"

"我马上去。"

没多久,荣吉到我的旅馆来了。

"她们呢?"

"女人们怕妈妈唠叨。"

可是我们刚一摆五子棋,几个女人已经过了桥,急急忙忙上楼来了。像平素一样,她们殷勤地行了礼,坐在走廊上踌躇着,第一个站起来的是千代子。

"这是我的房间。请别客气,进来吧。"

艺人们玩了一小时,到这个旅馆的浴室去。她们一再邀我同去,可是已有三个年轻女人在,我推托了。后来,歌女马上又一个人跑上来,转告了千代子的话:"姐姐说,要你去,给你擦背。"

我没有去,跟歌女下五子棋。她下得意外地好,同荣吉和别的女人们循环赛,她可以不费力地胜过他们。五子棋我下得很好,一般人下我不过。跟她下,用不着特意让一手，心里很愉快。因为只我们两个人，起初她老远地伸手落子，可是渐渐她忘了形，专心地俯身到棋盘上。她那头美得有些不自然的黑发都要碰到我的胸部了。突然她脸一红。

"对不起，要挨骂啦。"她说着把棋子一推，跑出去了。这时，妈妈站在公共浴场前面。千代子和百合子也慌忙从浴室出来，没上二楼就逃了回去。

这一天，荣吉在我的房间里从早晨玩到傍晚。纯朴而似乎很亲切的旅馆女掌柜忠告我说，请这样的人吃饭是白浪费。

晚上我到小旅店去，歌女正跟妈妈学三弦。她看到我就停下了，可是听了妈妈的话又把三弦抱起来。每逢她的歌声略高一些，妈妈就说："我不是说过，用不着提高嗓门吗！"

荣吉被对面饭馆叫到二楼厅房去，正在念着什么，从这里可以看得见。

"他念的是什么？"

"谣曲呀。"

"好奇怪的谣曲。"

"那是个卖菜的，随你念什么，他也听不懂。"

这时，住在小旅店里的一个四十岁上下的鸟店商人打开了纸榍扇,叫几个姑娘去吃菜。歌女和百合子拿着筷子到隔壁房间去吃鸟店商人剩下的鸡火锅。她们一起向这个房间回来时,鸟店商人轻轻拍了拍歌女的肩膀。妈妈露出了一副很凶的面孔说:"喂喂,不要碰这孩子,她还是个黄花闺女啊。"

歌女叫着"老伯伯老伯伯",求鸟店商人给她读《水户黄门漫游记》。可是鸟店商人没多久站起身来走了。她一再说"给我读下去呀",可是这话她不直接跟我说,好像请妈妈开口托我似的。我抱着一种期望,拿起了通俗故事本。歌女果然赶忙靠到我身边。我一开口读,她就凑过脸来,几乎碰到我的肩头,表情一本正经,眼睛闪闪发光,不眨眼地一心盯住我的前额。这似乎是她听人家读书的习气,刚才她和鸟店商人也几乎把脸碰在一起,这个我已经见过了。这双黑眼珠的大眼睛闪着美丽的光辉,是歌女身上最美的地方。双眼皮的线条有说不出来的漂亮。其次,她笑得像花一样,"笑得像花一样"这句话用来形容她是逼真的。

过了一会儿,饭店的侍女来接歌女了。她换了衣裳,对我说:"我马上就回来,等我一下,还请接着读下去。"

她到外面走廊里,垂下双手行着礼说:"我去啦。"

"你可千万不要唱歌呀。"妈妈说。她提着鼓微微地点头。

妈妈转过身来对我说:"现在她恰巧在变嗓子。"

歌女规规矩矩地坐在饭馆的二楼上,敲着鼓。从这里看去,她的后影好像就在隔壁的厅房里。鼓声使我的心明朗地跃动了。

"鼓声一响,满房里就快活起来了。"妈妈望着对面说。

千代子和百合子也同样到那边大厅去了。

过了一小时的工夫,四个人一同回来。

"就是这么点……"歌女从拳头里向妈妈的手掌上倒出了五角零碎的银币。我又读了一会儿《水户黄门漫游记》。他们又谈起了旅途上死去的婴儿,据说,那孩子生下来像水一样透明,连哭的力气都没有,可是还活了一个星期。

我仿佛忘记了他们是巡回艺人之类的人,既没有好奇心,也不加轻视,这种很平常的对他们的好感,似乎沁入了他们的心灵。我决定将来什么时候到他们大岛的家里去。他们彼此商量着:"可以让他住在老爷子的房子里。那里很宽敞,要是老爷子让出来,就很安静,永远住下去也没关系,还可以用功读书。"然后他们对我说:"我们有两座小房子,靠山那边的房子是空着的。"

而且说,到了正月里,他们要到波浮港去演戏,可以让我帮帮忙。

我逐渐了解到，他们旅途上的心境并不像我最初想象的那么艰难困苦，而是带有田野气息的悠闲自得。由于他们是老小一家人，我更感到有一种骨肉之情维系着他们。只有雇来的百合子老是羞羞怯怯的，在我的面前闷声不响。

过了夜半，我离开小旅店，姑娘们走出来送我。歌女给我摆好了木屐。她从门口探出头来，望了望明亮的天空。

"啊，月亮出来啦……明天到下田，可真高兴啊。给小孩做断七，让妈妈给我买一把梳子，然后还有好多事情要做哩。你带我去看电影好吧？"

对于沿伊豆地区相模川各温泉场串街的艺人来说，下田港这个城市总是像旅途中的故乡一样，漂浮着使他们恋恋不舍的气息。

五

艺人们像越过天城山时一样，各自携带着同样的行李。妈妈用手腕子搂着小狗的前脚，它露出惯于旅行的神情。走出汤野，又进入了山区。海上的朝日照耀着山腰。我们眺望着朝日的方向。河津的海滨在河津川的前方明朗地展开了。

"那边就是大岛。"

"你看它有多么大,请你来呀。"歌女说。

也许是由于秋季的天空过于晴朗,临近太阳的海面像春天一样笼罩着一层薄雾。海时隐时现,从这里到下田要走二十公里路。千代子悠闲地唱起歌来。

路上他们问我,是走约近两公里可是比较险峻的爬山小道呢,还是走方便的大道,我当然要走近路。

林木下铺着落叶,一步一滑,道路陡峭得挨着胸口,我走得气喘吁吁,反而有点豁出去了,加快步伐,伸出手掌拄着膝盖。眼看着他们一行落在后面了,只从树木中间听到他们的话声。歌女一个人高高地提起下摆,紧紧地跟着我跑。她走在后面,离我一两米远,既不想缩短这距离,也不想再落后。我回过头去和她讲话,她好像吃惊的样子,停住脚步微笑着答话。歌女讲话的时候,我等在那里,希望她赶上来,可是她也停住脚步,要等我向前走她才迈步。道路曲曲折折,愈加险阻了,我越发加快了脚步,可是歌女一心地攀登着,依旧保持着一两米的距离。群山静寂。其余的人落在后面很远,连话声也听不见了。

"你在东京家住哪儿?"

"没有家,我住在宿舍里。"

"我也去过东京,赏花时节我去跳舞的。那时还很小,什么也不记得了。"

然后她问东问西，"你父亲还在吗？""你到过甲府吗？"等等。她说到了下田要去看电影，还谈起那死了的婴儿。

这时来到了山顶。歌女在枯草丛中卸下了鼓，放在凳子上，拿手巾擦汗。她要掸掸脚上的尘土，却忽然蹲在我的脚边，抖着我裙子的下摆。我赶忙向后退，她不由得跪了下来，弯着腰替我浑身掸尘，然后把翻上来的裙子下摆放下去，对站在那里呼呼喘气的我说："请您坐下吧。"

就在凳子旁边，成群的小鸟飞了过来。四周那么寂静，只听见停着小鸟的树枝上枯叶沙沙地响。

"为什么要跑得这么快？"

歌女像是觉得身上热了起来。我用手指咚咚地叩着鼓，那些小鸟飞走了。

"啊，想喝点水。"

"我去找找看。"

可是歌女马上又从发黄的丛树之间空着手回来了。

"你在大岛的时候做些什么？"

这时歌女很突然地提出了两三个女人的名字，开始谈起一些没头没脑的话。她谈的似乎不是在大岛而是在甲府的事，是她上普通小学二年级时学校的一些朋友，她想到什么就说什么。

又等了约十分钟，三个年轻人到了山顶，妈妈更落后了十分钟才到。

下山时，我和荣吉特意迟一步动身，慢慢地边谈边走。走了约一里路之后，歌女又从下面跑上来。

"下面有泉水，赶快来吧，我们都没喝，在等着你们呢。"

我一听说有水就跑起来。从树荫下的岩石间涌出了清凉的水。女人们都站在泉水的四周。

"快点，请您先喝吧。我怕一伸手进去会把水弄浑了，跟在女人后面喝，水就脏啦。"妈妈说。

我用双手捧着喝了冷冽的水，女人们不愿轻易离开那里，拧着手巾擦干了汗水。

下了山一走进下田的街道，出现了好多股烧炭的烟。大家在路旁的木头上坐下来休息。歌女蹲在路边，用桃红色的梳子在梳小狗的长毛。

"这样不是把梳子的齿弄断了吗？"妈妈责备她说。

"没关系，在下田要买把新的。"

在汤野的时候，我就打算向歌女讨取插在她前发上的这把梳子，所以我认为不该用它梳狗毛。

道路对面堆着好多捆细竹子，我和荣吉谈起正好拿它们做手杖用，就抢先一步站起身来。歌女跑着追过来，抽出一根比她人还长的粗竹子。

"你干什么?"荣吉问她。她踌躇了一下,把那根竹子递给我。

"给你做手杖。我挑了一根挺粗的。"

"不行啊!拿了粗的,人家立刻会看出是偷的,被人看见不糟糕吗?送回去吧。"

歌女回到堆竹子的地方,又跑回来。这一次,她给我拿来一根有中指粗的竹子。接着,她在田埂上像背脊给撞了一下似的,跌倒在地,呼吸困难地等待那几个女人。

我和荣吉始终走在前头十多米。

"那颗牙可以拔掉,换上一颗金牙。"忽然歌女的声音送进我的耳朵里来。回过头一看,歌女和千代子并排走着,妈妈和百合子稍稍落后一些。千代子好像没有注意到我在回头看,继续说:"那倒是的。你去跟他讲,怎么样?"

她们好像在谈我,大概千代子说我的牙齿长得不齐整,所以歌女说可以换上金牙。她们谈的不外乎容貌上的话,说不上对我有什么不好,我都不想竖起耳朵听,心里只感到亲密。她们还在悄悄地继续谈,我听见歌女说:"那是个好人呢。"

"是啊,人倒是很好。"

"真正是个好人。为人真好。"

这句话听来单纯而又爽快,是幼稚地顺口流露出感情的声音。我自己也能天真地感到我是一个好人了。我心情愉快地抬起眼来眺望着爽朗的群山。眼睑里微微觉着痛。我这个二十岁的人,一再严肃地反省自己由于孤儿根性养成的怪脾气,我正因为受不了那种令人窒息的忧郁感,这才走上到伊豆的旅程。因此,听见有人从社会的一般意义说我是个好人,真是说不出地感谢。快到下田海边,群山明亮起来,我挥舞着刚才拿到的那根竹子,削掉秋草的尖子。

路上各村庄的入口竖着牌子:"乞讨的江湖艺人不得入村。"

六

一进下田的北路口,就到了甲州屋小旅店。我随着艺人们走上二楼,头上就是屋顶,没有天花板,坐在面临街道的窗口上,头要碰到屋顶。

"肩膀不痛吧?"妈妈好几次盯着歌女问,"手不痛吧?"

歌女做出敲鼓时的美丽手势。

"不痛。可以敲,可以敲。"

"这样就好啦。"

我试着要把鼓提起来。

"唉呀，好重啊！"

"比你想象的要重。比你的书包要重些。"歌女笑着说。

艺人们向小旅店里的人们亲热地打着招呼。那也尽是一些艺人和走江湖的。下田这个港口像是这些候鸟的老窝。歌女拿铜板给那些摇摇晃晃走进房间来的小孩子。我想走出甲州屋，歌女就抢先跑到门口，给我摆好木屐，然后自言自语似的悄声说："带我去看电影啊。"

我和荣吉找了一个游手好闲的人领路，一直把我们送到一家旅馆去，据说旅馆主人就是以前的区长。洗过澡之后，我和荣吉吃了有鲜鱼的午饭。

"你拿这个去买些花给明天忌辰上供吧。"我说着拿出个纸包，装着很少的一点钱，叫荣吉带回去，因为我必须乘明天早晨的船回东京，我的旅费已经用光了。我说是为了学校的关系，艺人们也就不好强留我。

吃过午饭还不到三小时就吃了晚饭，我独自从下田向北走，过了桥。我登上下田的富士山，眺望着港湾。回来的路上顺便到了甲州屋，看见艺人们正在吃鸡肉火锅。

"哪怕吃一口不也好吗？女人们用过筷子的虽然不干净，可是过后可以当作笑话谈。"妈妈说着从包裹里拿出小碗和筷子叫百合子去洗。

大家又都谈起明天恰好是婴儿的第四十九天，请我无论怎样也要延长一天再动身,可是我拿学校做借口,没有应允。妈妈翻来覆去地说:"那么,到冬天休假的时候,我们划着船去接您。请先把日期通知我们,我们等着。住在旅馆里多闷人,我们用船去接您。"

屋里只剩下千代子和百合子的时候,我请她们去看电影,千代子用手按着肚子说:"身子不好过,走了那么多的路,吃不消啦。"她脸色苍白,身体像是要瘫下来了。百合子拘谨地低下头去。歌女正在楼下跟小旅店的孩子们一起玩。她一看到我,就去央求妈妈让她去看电影,可是接着垂头丧气的,又回到我身边来,给我摆好了木屐。

"怎么样,就叫她一个人陪了去不好吗?"荣吉插嘴说。但是妈妈不应允。为什么带一个人去不行呢,我实在觉得奇怪。我正要走出大门口的时候,歌女抚摸着小狗的头。我难以开口,只好做出冷淡的神情。她连抬起头来看我一眼的气力好像都没有了。

我独自去看电影。女讲解员在灯泡下面念着说明书。我立即走出来回到旅馆去。我把胳膊肘拄在窗槛上,好久好久眺望着这座夜间的城市,城市黑魆魆的。我觉得从远方不断微微地传来了鼓声。眼泪毫无理由地扑簌簌落下来。

七

出发的早晨七点钟,我正在吃早饭,荣吉就从马路上招呼我了。他穿着印有家徽的黑外褂,穿上这身礼服似乎专为给我送行。女人们都不见,我立即感到寂寞。荣吉走进房间里来说:"本来大家都想来送行的,可是昨天夜里睡得很迟,起不了床,叫我来道歉,并且说冬天等着您,一定要请您来。"

街上秋天的晨风是冷冽的。荣吉在路上买了柿子、四包敷岛牌香烟和熏香牌口中清凉剂送给我。

"因为我妹妹的名字叫薰子,"他微笑着说,"在船上吃橘子不大好,柿子对于晕船有好处,可以吃的。"

"把这个送给你吧。"

我摘下便帽,把它戴在荣吉头上,然后从书包里取出学生帽,拉平皱褶,两个人都笑了。

快到船码头的时候,歌女蹲在海滨的身影扑进我的心头。在我们走近她身边之前,她一直在发愣,沉默地垂着头。她还是昨夜的妆,愈加动了我的感情,眼角上的胭脂使她那像是生气的脸上显出一股幼稚的严峻神情。荣吉说:"别的人来了吗?"

歌女摇摇头。

"她们还都在睡觉吗？"

歌女点点头。

荣吉去买船票和舢板票的当儿，我搭讪着说了好多话，可是歌女往下望着运河入海的地方，一言不发。只是我每句话还没有说完，她就连连用力点头。

这时，有一个小工打扮的人走过来，听他说："老婆婆，这个人可不错。"

"学生哥，你是去东京的吧，打算拜托你把这个婆婆带到东京去，可以吗？满可怜的一个老婆婆。她儿子原先在莲台寺的银矿做工，可是倒霉碰上这次流行感冒，儿子和媳妇都死啦，留下了这么三个孙子。怎么也想不出好办法，我们商量着还是送她回家乡去。她家乡在水户，可是老婆婆一点也不认识路，要是到了灵岸岛，请你把她送上开往上野去的电车就行啦。麻烦你呀，我们拱起双手重重拜托。唉，你看到这种情形，也要觉得可怜吧。"

老婆婆痴呆呆地站在那里，她背上绑着一个奶娃儿，左右手各牵着一个小姑娘，小的大概三岁，大的不过五岁的样子。从她那龌龊的包袱皮里，可以看见有大饭团子和咸梅子。五六个矿工在安慰着老婆婆。我爽快地答应照料她。

"拜托你啦。"

"谢谢啊！我们本应当送她到水户，可是又做不到。"

矿工们说了这类话向我道谢。

舢板摇晃得很厉害，歌女还是紧闭双唇向一边凝视着。我抓住绳梯回过头来，想说一声再见，可是也没说出口，只是又一次点了点头。舢板回去了。荣吉不断地挥动着刚才我给他的那顶便帽。离开很远之后，才看见歌女开始挥动白色的东西。

轮船开出下田的海面，伊豆半岛南端渐渐在后方消失，我一直凭倚着栏杆，一心一意地眺望海面上的大岛。我觉得跟歌女的离别仿佛是很久很久以前的事了。老婆婆怎么样啦？我探头向船舱里看，已经有好多人围坐在她身旁，似乎在百般安慰她。我安下心来，走进隔壁的船舱。相模滩上风浪很大，一坐下来，就常常向左右歪倒。船员在到处分发小铁盆。我枕着书包躺下了。头脑空空如也，没有了时间的感觉。泪水扑簌簌地滴在书包上，连脸颊都觉得凉了，只好把枕头翻转过来。我的身旁睡着一个少年。他是河津一个工场老板的儿子，前往东京准备投考，看见我戴着第一高等学校的学生帽，对我似乎很有好感。谈过几句话之后，他说："您遇到什么不幸的事吗？"

"不，刚刚和人告别。"我非常坦率地说。让人家见到自己在流泪，我也满不在乎。我什么都不想，只想在安逸的满足中静睡。

海上什么时候暗下来我也不知道，网代和热海的灯光已经亮起来。皮肤感到冷，肚里觉得饿了，那少年给我打开了竹皮包着的菜饭。我好像忘记了这不是自己的东西，拿起紫菜饭卷就吃起来，然后裹着少年的学生斗篷睡下去。我处在一种美好的空虚心境里，不管人家怎样亲切对待我，都非常自然地承受着。我想明天清早带那老婆婆到上野车站给她买票去水户，也是极其应当的。我感到所有的一切都融合在一起了。

船舱的灯光熄灭了。船上载运的生鱼和潮水的气味越来越浓。在黑暗中，少年的体温暖着我，我听任泪水向下流。我的头脑变成一泓清水，滴滴答答地流出来，以后什么都没有留下，只感觉甜蜜的愉快。

译者后记

《雪国》是日本川端康成获得一九六八年诺贝尔文学奖的作品，已有欧洲十多种语言的翻译，所以它不仅在日本国内被改编成剧本、摄制成电影，在国际上亦享有盛誉。

但《雪国》只是一个中篇，而且是陆续写成的。一九三五年于《文艺春秋》和《改造》一月号发表了两个片段，题名《晚景的镜面》和《雪中早晨的镜子》，也就是现存的开头两节，可是直到一九四七年《雪国》才算完成。而这开头两节就定下了这作品的艺术基调，巧妙地表现出"新感觉派"的特色。

这篇小说情节是简单的，它主要刻画两个性格不同的女性，一个身为艺妓的驹子，一个家庭妇女型的看护叶子，但作者对于她们的观察是透过一个镜面的反射，无形中把现实的情景给以美化了。

在小说中成为作者化身的是一个中年男子岛村，他是一个吃家庭遗产、游手好闲、对于音乐舞蹈有着浅薄知识的享乐者。他来到北国的小温泉村，招来艺妓驹子，用诱惑的手段同驹子发生了关系，这就展开了似醉如狂的肉欲场面，但他虚与周旋，而念念不忘地思念着他在火车上遇见的另一个年轻姑娘叶子。若说驹子是一个有血有肉的现实的存在，叶子则是出现在背景上的缥缈的精灵。

驹子和叶子都与三弦师傅家的儿子行男有过爱情瓜葛，她们之间的矛盾由于岛村的关系愈加表面化了，作者以叶子的突然死亡结束了这个矛盾。在温泉村中有一个蚕茧仓库，临时搭建了假楼供作观剧之用，叶子领着村中的孩子们去看电影，放映的胶卷失了火，叶子被烧死。作者描写叶子的最后情景，又发挥了"新感觉派"的特色。叶子从二楼摔下来，身姿保持水平线，昏迷中似乎一点都不觉得痛苦，飘飘然丧生在火场里。

据日本评论家中村光夫的解说，川端在三个不同时期描写三种不同类型的爱情。前期的代表作《伊豆的歌女》表现了少年的纯洁爱情的觉醒，中期的《雪国》刻画了男女的肉欲并衬以对纯真女性的憧憬，晚期的《山之音》则描写了老人的变态的恋爱心理。缠绕了作者一生的孤儿的哀伤情绪都发泄在爱情题材的处理中。

对于作者说来，恋爱是一个永远不得圆满的痛苦经历，只有死亡才能解脱，在现实生活中，川端终于在一九七二年四月十六日以煤气自杀了。